長亭・短亭

洛夫題

——曹旭博客詩選

曹旭 著

作者簡介

曹旭，字昇之，號號夢雨軒主人；江蘇金壇人。復旦大學首屆文學批評博士；上海師範大學首批二級教授、博士生導師；上海市文史研究館館員、文史館詩詞研究社社長；國家重大項目首席專家，中國《文心雕龍》學會副會長；中國作家協會會員、上海朗誦家協會會員。歷任上海師大研究生部長，圖書館館長、圖書館名譽館長；上海師大校務委員會委員、校學術委員會委員、校學位委員會委員；九三學社上海市委委員、上海師範大學主委。

研究六朝文學、近代文學、域外漢學、中國古代文藝理論。曾赴日本京都大學、東京大學、香港中文大學、澳門大學、臺灣逢甲大學、新加坡國立大學、臺灣中大講學。兼任首都師大、天津師大、深圳大學、南昌大學、上海中醫藥大學研究員和客座教授。指導學生獲得碩、博士學位一百多人；出版著作三十餘種，發表論文近百篇，多次獲上海市哲學社會科學優秀成果著作獎和論文獎；其中以《詩品集注》《詩品研究》《中日韓詩品論文選評》系列，享譽國際漢學界。

志于學而游於藝，創作散文、新詩、格律詩、書法、攝影作品；在央視朗誦詩歌。散文入選小學課本和全國通用《大學語文》課本；藝術成就載入北京師大二一一項目《中國散文通史》當代卷（中大條）；新詩發表於《詩刊》等雜誌，多次入選《中國年度優秀詩歌》；格律詩被國內多家主流媒體評為二〇一五年全國最具公眾影響力的「十大詩人」之一。

希望以自己的道德人品、學術研究和詩文創作，傳承民國二三十年代的學者風範和學術精神。

作者像

作者與洛夫詩人合影(2018年)

目錄

自序：長亭短亭，詩是我的歸程

我把我走過的
人生的每一個驛站
都用一朵花命名

我把沿途的花草
植成有意味的風景

當我夢中回鄉
迷失道路

那些有名字的花草
便是長亭　短亭

一、出版詩集猶如嫁女

《長亭‧短亭》早就編完了。但是，出版詩集猶如嫁女，或者是把自己嫁出去。

頭梳了一遍又一遍，衣服穿了一件又一件，胭脂花粉，又怕太紅，又怕太白。

但醜女總要見公婆，現在只能坐上花轎，讓公婆嗤笑，和天下的美女一起笑吧！

當今文學，各種文體都難寫，最難的是新詩。新詩像一泓不著邊際，不修邊幅，不好約束的水，沒有形狀；朝什麼方向流淌，怎麼流淌，你都管不著。

自民國一九一七年二月，胡適《白話詩十八首》發表，代表新詩誕生。這一百多年來，什麼是新詩？什麼是好詩？押韻的，不押韻的；分行的，不分行的；遵循生活邏輯和意象邏輯的；寫成論文，寫成哲學；看得懂，看不懂的都有，沒有人說清楚。

這猶如在歧路上放羊，羊跑了，再去找，四面八個方向，羊找不回來。本集中的詩，就是一群找不回來的羊；但假如有一首您喜歡，猶如找回一隻小羊，我就很滿足了。

二、詩分七輯

第一輯：開卷詩

《媽媽，您別拉了》——紀念汶川大地震十三周年。詩從地震的第二天開始寫，寫到二〇二一年五月十二日，寫寫停停，寫了十三年，每寫及修改，皆淚流滿面。有人說，這樣的題材不適合寫詩，因為「太慘」了。魯迅說：「悲劇就是把人生有價值的東西毀滅給人看。」（《再論雷峰塔的倒掉》）

那是對在汶川大地震中遭遇不幸人們的同情和憐憫，悲憤和紀念；可以開宗明義地表明我對詩歌的態度，對生活的態度和對這個世界的態度。所有的愛憎皆可寄託，所以別闢一輯，名曰「開卷詩」。

第二輯：江南短調

我寫詩，因為我愛這片土地。

我是常州金壇人，是由滅南唐的祖先曹彬確定的。並且出生在離寬闊、清澈的丹金河十幾米的祠堂裡，以後生活在河邊，沿河行走，我的筆蘸過家鄉的水。

所以，我寫河流，寫大地，寫故鄉，寫白雲，寫說著方言的村莊。我覺得我們村莊的每一朵花，每一棵草，每一株莊稼，每一個穿花襯衫村婦的笑靨，都在燦爛的陽光下說著方言。

我用詩歌幻想，用詩歌還鄉。我以江南的煙雲水氣滋潤自己，把握水流的脈搏，感受蟲豸的想法；我希望陽光照亮大地的夢想，希望我們擺脫前世的醜陋，變成彩蝶自由自在地飛。

第三輯：親情燈光

我寫詩，因為我愛我的親人。

我從小跟祖母住在老屋裡。每到晚上，祖母總會點一盞燈，把老屋照亮。祖母一手擎燈，用另一隻手呵護微弱的光豆；我依偎在祖母身旁，行走在光的另一半裡，抬頭看祖母的臉，是一彎苦日子的下弦月。祖母用她的油燈，點燃我童年的光芒。

生於斯，長於斯的父親、母親，已經在田野上，成了兩枚成熟的麥粒，被家鄉的大地收藏。他們正等待來年的春風，重新萌發，長出綠色的葉子，枝葉相交，還是在一起；大姑和姑父像泥土一樣樸素，給他們拍照，他們並排站著，就像並排站著的兩棵玉米；笑起來缺牙的表哥，桃花一樣的表妹，她們決定了，我是什麼樣的人，什麼樣的人是我。

第四輯：青春花飛

青春，花飛，是大自然的萌發，是我內心的感動和感傷。

對在生活中遇到的有緣人，我們愛過；愛情的花瓣，曾經飛過。

沿著河水，我很早就離開了家鄉。但柳站在堤邊等我；煙水在我心裡彌漫，在杏花春雨的江南岸，停泊著我的詩船。

我用詩歌深入花的笑靨，草木的內心，傾聽她們生命內部洶湧的洪水。每天，許多無名的情愫流過心田，文字溝渠是她唯一的出路，大片大片的詩歌之花，就開在水流過的地方，花瓣亦隨水漂流而去。

第五輯：歲華有聲

我詩歌的聲音，就是我歲華流過的聲音。

我是一九六一年開始寫新詩的，七〇年代、八〇年代、九〇年代、兩千年後一直在寫，一批一批，寫過的是歲華，是詩，也是結伴同行的詩友，聚了又散了。直到我進行古典文學研究，種六朝文學的田，做《詩品》和《文心雕龍》集註，但仍然不廢新詩和散文寫作。

詩歌，是眼前的生活，是萬片凡瓦上濺起的春雨，是日夜吹動我們內心旗幟的靈風。當我用詩歌審美，詩，就是我看世界的眼睛，聽歲月的耳朵。此時，我能在靜好的日子裡，聽到大雪壓彎竹枝，春風吹折桃花的聲音。輯中《我碰到她華麗的外衣》《我為你折一隻紙鶴》《用橡皮擦去一個朋友》，都包涵我的喜怒和愛憎。

我一輩子讀詩，教詩，論詩；以詩寫史，用詩作紀；用詩歌承載生活，記錄生命；現在的新詩人有令我羨慕的年輕，他們不認識我，我也不認識他們。我希望我的詩歌能像春天穿過針孔的鳥聲，細細地傳到你的心裡，讓你快樂；我希望，我像女媧黃土摶人一般，用泥土做詩，並給它們一雙雙黑色的有靈魂的眼睛。

在應該出詩集的時候沒有出詩集，在不應該出詩集的時候出了詩集。好像是為了證明：你的生命屬性，本質上還是一個詩人。

詩歌證明我在這個世界上生活過，並像衛星，定位了我在這個世界上的位置。

第六輯：古人今詩

古往今來，最不變化的：一是太陽、月亮、星辰；二是高山大川；三是人性和人心。因此，我可以通過今月寫古月；以古人寫今人。

王孫與小草、蘇小小的江南、梁武帝的佛、孟浩然的魚、王維的紅豆、李白還鄉、李煜與宮娥、蘇東坡的廬山，都是經典的有生命力的話題；李商隱是一個愛妻子的人，但他的王太太心裡還是有許多委屈。我代王氏，寫成《贈夫君李商隱》（四首），其實是寫給——天下所有心裡有委屈的妻子們的，代天下的男人向她們道歉。

這些詩，大都表達了我中年的情懷，展示了我對古今的感悟。

第七輯：擬《古詩十九首》

教了三十年《古詩十九首》，出版過《古詩十九首與樂府詩選評》等著作。古詩十九首裡的每一首，每一行，每一個字，都是我的至交；我喜歡它的「真」，喜歡它秀才說家常話的口吻，喜歡它用平淡的語言，把人生、人性、生命寫得深刻而通透。

它寫了，生命的本質在於行走；分離是戀人間的常態，理想等於離鄉；低端的小知識分子到了首都，受到了首都洛陽城牆的阻擋，找不到城門的入口；大齡宅女苦苦等待婚嫁的車馬；讀書人最大的痛苦是朋友的背叛和沒有知音——從西晉陸機到唐代詩人群起仿效；所以，我稱它們是「中國十九個最美的詩歌模特兒」。

從王昌齡的《閨怨》，到當代詩人鄭愁予的《錯誤》，都是古詩十九首中《青青河畔草》的續寫。《青青河畔草》是一首「航空母艦詩」，上面停泊著隨時可以起飛的春天、小樓、楊柳、窗扉、女子、等待歸人等「經典意象」。

我像站在地球邊上，小心翼翼地用一根竹竿向前探伸；這些「擬詩」就是我的竹竿。

三、我詩歌的押韻和分行

我寫新詩，也寫格律詩，我不是平移過來，而是把它們當作兩種不同的文體寫的。

假如格律詩是象棋，新詩就是圍棋。同樣是棋，不是會下象棋的人就會下圍棋；也不是會下圍棋的人就會下象棋。你想寫，兩種都要學的。因為它們運子的規則、方法、感覺、審美都不同。我一直覺得，新詩是格律詩的遠房表弟，卻是白話散文的近鄰和好朋友。

由於寫格律詩，我重視押韻；押韻是我寫詩的下意識行為，但本集的新詩，有押韻的，也有不押韻的。不押韻時，肯定因為內在的節律和語言張力的「勢」不允許，實在不能押（包括轉韻）；只要能押，我一定會押。現在有的詩韻，已經被我押得像用老虎鉗擰鐵絲一樣，成了不會走路的邯鄲人了。

其實，民國以來的新詩，押韻的，不押韻的都取得過成功；分行也是。「現在」不夠詩人生存，詩人的腳，一腳跨在「過去」，一腳跨在「未來」。在時空、形象、意象和境界之間流動，這就要求詩歌分行。

我不喜歡每行都對齊，長長的句子，像通過觀禮台接受檢閱的隊伍一樣。分行的好處，是給眼光的滑鼠留下餘地，留下字和字、字和行之間的距離。歌譜上有「呼吸記號」，新詩裡沒有，新詩就在分行的時候「跳躍」和「呼吸」。

分行的本質，是詩人將詩美通過心靈節奏、語言節奏用分行表達出來；並要求讀者用心靈和眼睛，與作者互動；讀詩的過程，就是作者和讀者在跳一場詩意紛揚的雙人舞。

所以，詩人分行的時候，要考慮舞伴跟得上跟不上，不要只顧自己跳，像馬雅可夫斯基式的「樓梯詩」，讓舞伴在台階上摔倒；而讀者閱讀的時候，也要盡可能地跟上詩人的分行節奏，這樣才和諧。

四、與詩人洛夫、鄭愁予、羅門、蓉子的緣分

感謝詩人洛夫為本集題簽。

洛夫不僅是享譽國際詩壇的大詩人，同時書法功力深厚。我們在瑞琴兄的安排下，一起在臺灣的酒樓上喝酒、賦詩。我帶去了我的著作和書法作品贈他，他也將他的詩集簽名送我；他說：「你的七絕和杜牧的七絕詩風相近。」我們與作家王學敏、詩人楊樹清、陳瓊芳等談古論今，盡歡而散。

雖然洛夫在我離開臺灣一年以後，就離開了這個世界。但我仍然珍惜這段姻緣，並且懷念他。

同樣懷念的還有臺灣詩人羅門、蓉子和余光中，集中的「打水漂」就是他們詩歌的「和作」。

鄭愁予先生在東海大學，二〇一七年我在台灣中大任客座教授時，曾去東海大學與鄭先生晤談，談他的名作《錯誤》，就是在《青青河畔草》的「航空母艦」上起飛的詩歌。這是不可多得的緣分，永遠留在我的相思裡。

五、關於博客詩選

最後說明，這是一本「博客詩選」。這種形式，大家也許有點陌生，不知道有沒有人這樣做，我想試一試。

在我的博客上，每首詩後均有讀者的留言。我在博客上征得大家同意，輯錄部分留言，出版博客詩選。這種形式，好像是影視中的「彈幕」，能啟發正文，熱熱鬧鬧，相輔相成。

在我博客上留言的，有朋友、過路的，認識不認識的人，但最多的是學生。我從一九九二年開始指導詩學碩士生，一九九六年開始指導詩學博士生，畢業的碩士、博士差不多一百人，本科生更多。

這些門生弟子，是我學術向天空伸展的樹枝，是我詩學開出的花朵；新詩出來，大家圍觀，踩幾腳，留個言。其中有愛我者、美我者、私我者、畏我者、欲有求於我者。他們大多只留網名，像帶著面具做「躲貓貓」的遊戲。

雖然我很想知道某留言的人是誰，以此瞭解他的才情和喜好；但不好問，也不該問；現在的留言有點像匿名的選票，否則就有賄選和干涉學生言論自由的嫌疑。

拙詩長短不一，留言參差不齊，間有重複，編輯作了一些刪節。所錄留言，大體依時間排列。這讓我的同道、學生、朋友，認識不認識的人，都快樂地棲居在一個新詩「博客共同體」裡。

到感謝的時候了，首先感謝《詩刊》社連續發表我的作品；感謝楊志學兄將拙詩選入《中國年度優秀詩歌》二〇一四卷、二〇二〇卷、二〇二一卷、二〇二二卷；感謝王光明兄將拙詩選入《中國詩歌年選》二〇〇八年卷；感謝趙麗宏兄的《上海詩人》、朱蕊兄的《解放日報・朝花》、龔建星兄的《新民晚報・夜光杯》，提供園地，栽培小詩；尤與詩人張煒、林祁、徐芳、楊繡麗、劉強、楊賽、徐丹、魏傑談詩，如切如磋，如琢如磨。

感謝在散文、新詩裡互相鼓勵的國家圖書館館長詹福瑞兄；感謝為我的博客打理，從博客開張，到博客關閉的師大圖書館副館長胡振華兄。新浪博客關門了，這本博客詩集就放在它的門邊，作為紀念。因為那裡有關心、路過、駐足、留言和未曾留言的朋友們，有詩歌也寫不出的許多美好的人事和感情。

蘭臺出版社社長盧瑞琴兄以她的大度和寬宥，欣賞我的詩，每每在我的博客裡留言，並允許詩集在蘭臺出版社出版；主持編輯的宇樵兄從精心排版，到設計封面，不辭辛勤，才有了這本裝幀精美的詩集。

謹將像穿著筆挺的西裝，裹著紅綢的詩集，獻給在同一所大學裡教高等數學的我的妻子陳啟純，獻給我們共同的青春。

朱自清說：「國學是我的職業；文學是我的娛樂。」

我想說的是：國學是我職業；書法、攝影、歌唱是我的娛樂；詩和散文，是我一生的寄託。

曹　旭

於上海伊莎士花園五十五號夢雨軒

二〇二三年三月十七日　星期五

第一輯

開卷詩

媽媽，您別拉了

——紀念汶川大地震十三周年

小引

汶川大地震：最震撼的畫面——一個媽媽
拼命拉壓在廢墟下死去的孩子。
她聽到孩子在說：

（一）

媽媽，您別拉了
您就是把我的胳膊拉斷
　我也不能牽著您的手
放學跟您一起回家了

媽媽，我已經喘不過氣
　我想說
　但說不出的
最後一句話是——
　媽媽，我愛你

媽媽，我的手上全是血
　我把血的指紋
　烙在您的掌心
算是我留給媽媽
　生我養我的見證

（二）

媽媽，您不要把我的書包
　拉出去
即使在黑暗裡
　我也要讀書

和我壓在一起的
　還有布娃娃小熊
您把熊娃娃拉出去
　讓她和您一起生活吧

媽媽，您的眼淚
　正一滴一滴地
落在我的臉上
您的眼淚和血
　一滴一滴地好燙

（三）

校園裡一片廢墟
　灑物如雨
像五月的田野
　開滿凋謝的鮮花

新落成的大樓
　怎麼說倒就倒
我們都來不及逃跑
　有的同學
　甚至來不及喊叫

學校操場上
　被老師長長地
排成幾列縱隊的
　是我們的鞋子和書包

這樣可以知道
　有多少孩子
和我一樣
　媽媽再拉不出去了

（四）

媽媽，我現在好冷
　我正在去天堂
請您把暖色的黎明
　剪成一小塊一小塊
給我做一件衣裳
請在上面綴滿
　我可以觸摸到星光
媽媽，我不要去天堂
　我要回家

我要回家

我做完作業就回家

我會一個人回家

我會騎著白馬回家

我會打著白燈籠回家

我要和風雨一起回家

媽媽，您不要再拉

我相信有來生

我會有來生

在來生見面

您還是我的媽媽

完成於二〇二一年五月十二日

原載新浪《曹旭博客》

【博客留言】

朱立新

十三年過去了，廢墟可以掩埋，傷痕卻無法抹去，有些畫面永遠定格在那個瞬間，有些苦痛永遠烙在了人們心裡。空寂操場上排成縱隊的書包和鞋子，斷垣殘壁前緊緊拽住的大手和小手，多少柔弱而淒苦的魂靈徘徊在那兒，想在風雨之夜打著白燈籠回家。一首《媽媽，您別拉了》，是為了忘卻的紀念，鬆開吧，放手吧，好好生活吧！而詩人胸中的哀痛和悲憫卻在欲放未放之際把人的心揪得更緊。

劍公子

十年的創作，卻壓到了十三年才展出，我想這也是一種態度。

用戶5463353142

看著看著就淚流滿面了。以孩子純真的視覺出發，一切都是那樣純潔無瑕，孩子的世界裡只有學校，同學，操場和作業，還有媽媽的愛。平凡的日常生活，平淡的筆觸，戳中淚點，深深直擊靈魂深處。

樂莫樂兮新相知97

讀這首詩時，無力感、壓抑感撲面而來。五月十二日那天，川渝室友還跟我講，好多小夥伴都留在了十三年前的那個夏天……

二加一二

這首詩最動容的是：媽媽，請把我的布娃娃拉出去。我感受到全詩的壓抑之感，孩子活不下去了，那個娃娃是他／她的化身，是他／她對生最後一點的渴望，亦是希望娃娃代替他／她可以陪伴媽媽。不止血是燙的，淚水也是滾燙的，十三年前尚在幼稚園的我還不懂什麼是生與死，但是看到新聞以為再也見不到遠在他鄉的爺爺奶奶時，亦是哭的泣不成聲。

喜歡千千的紅豆派vv

讀完不覺潸然淚下……媽媽是這個世界上和我們最親近的人，媽媽在的地方才叫家！

Yier-r

「媽媽，我愛你」是每個孩子都想對母親說的，然而，這個孩子卻「已喘不過氣」、「想說但說不出」，這場突如其來的地震，奪走了孩子對母親最後的表白。如此真摯的語言，打動人心。這便是詩人，這便是詩歌。

含　章

「我們的書包和鞋子／被長長地／排成幾行／校長想統計／有多少孩子／媽媽再也拉不出去了／和我一樣／」書包和鞋子如果不屬於孩子，越整齊的排列只是更加無聲的悲泣。廢墟、遺物如四月的鮮花遍野，殘酷綻放的花是張開的血盆大口。十三年了，縱身一躍十三年了，滿是泥汙的臉十三年了，坍塌的世界十三年了，願媽媽的眼再沒有絕望的淚，孩子都在陽光下奔跑，長大。

柯昌禮

十三年前的五一二是個沉重的日子，那天發生的事情歷歷在目，恍如昨日。此詩情感真摯，嗚嗚然，如怨如慕，如泣如訴，感人肺腑。

雁　行

詩人是用孩子的心和深沉的眼睛來寫詩啊！

日出有曜 2013

從一個孩子的視角寫至親的生離死別，如泣如訴，孩子的世界裡，媽媽就是全部，媽媽，你別拉了，不是孩子放棄了生的希望，是孩子不捨得看著媽媽在生冷的泥石瓦礫中絕望。

葉當前

十三不是一個特殊的數字，但作為一個地支輪回的開始，回憶過去，面向未來，十三又是一個有意味的數字。大自然印下的傷痕，通過一雙緊拉著的手定格在文字符號中。這雙手拉著下一代人，本以為拉著希望，卻只拉到布娃娃的寄託。詩歌是一種有意味的形式，這首長詩的蘊涵如此深醇，且慢慢咀嚼吧。

文志華

詩人是用希望和色彩去寫絕望；用回家寫離家；真是最高明之處。中國人最重家，我想起晉獻文子建造家室的故事。張老祝賀他，歌於斯，哭于斯，舉國族於斯。他用在新房子哭喪的悲事去寫居家的喜，揭示家的意義，被人們稱善。詩人用喜悅，用回家寫母女生離死別，回家是讓靈魂得到安頓，回家讓人生得到完整。

風雪山松

此詩分為幾個小段落，重點聚焦臨別話語、書包、布娃娃小熊、成排的遺物、天堂、破房子這些意象，典型而又熟悉，不知不覺間便可觸動我們內心最柔軟的瞬間。

凝　之

汶川地震已經發生了十三年，這首詩歌也整整寫了十三年。十三年後的今天早已不見當年的廢墟，荒蕪舊址上撒滿了歡聲笑語，開遍了新生的花兒。但是敏感的詩人永不會忘記，當年的舊人永不會忘記。睡著的人永遠睡著，醒著的人卻永遠醒著，並將故事說與後人聽。

第二輯

江南短調

小路的麻繩

把村莊與村莊
　捆在一起的
　　是小路的麻繩

河流與田野
村東與村西
　因此結成血緣的親人

三百年來有一群光棍
　大白天抬著花轎
　在小路上搶親

搶來的寡婦
　都成了太婆
生下延綿至今的子孫

子孫們世世代代
　對土地和小路
　充滿了感恩之情
無數逝去的歲月
多少個黃昏與清晨
　他們從黃土爬出
　又爬回黃土躺平
我的祖祖輩輩
我的父親母親

一九九五年四月作
二〇一七年九月二十五日修改於臺灣桃園中大新村一〇五號
原載新浪《曹旭博客》
發表於《上海詩人》二〇二三年第三期

【博客留言】

當前018

故鄉被理論家理論化後，出現了很多要動腦筋才能理解的概念，如「回憶」「記憶」「還鄉」等都不是它的字面意義了。這組詩沒有高深的詞彙，卻在感性的鄉音、方言、麥花、電線、小路等情境中實現了「理念的感性顯現」，呈現詩歌的真美。這組詩同時又是賦予精選的題材形式化的過程，每一個物象都很平常，但又最具詩性，最具鄉情特色，經過語言的媒介呈現「有意味的形式」，是內容與形式完美統一的有機生命體。

吳余居士

把村與村捆在一起的是小路的麻繩；比喻得太形象了，而且是從空間腑瞰而望的，妙！

江狐從前叫小靈狐

我喜歡「小路的麻繩」，它們將人與人群綁在一起，將村子與村子綁在一起，連成一個共同的居所，大家都叫它故鄉；順著這些牆瓦屋脊，與麻繩短路，就能走進那一大片種出麥花、叔嬸與詩意的土地。

寒流自清泚

詩人通過細小之物，比如方言、麻雀、繩子顯露出來，情感很細膩。總會有某個細小的點，喚醒我對生活的認知和熱愛。

五裡桃花雲

吟詠故鄉，是詩歌經久不衰的主題。詩人善於運用寓目輒書的筆觸、平凡日常的物象，再運以生新的、出其不意的比方，將故鄉的聲音、色彩、風景和風俗等緩緩地、別致地一一陳列，就像一幅幅似乎隨心而其實有意的風景圖，點面到位，清新明媚而意蘊悠長。猶如魯迅先生有關故鄉的散文書寫；如同艾青先生《我愛這土地》的深情。令人陣陣回味、時時神往！

用戶7393302034

真希望有一台特殊的超聲波儀器，來探一探詩人的思維，為何平常得不能再平常的事物，到了詩人筆下，總是妙喻橫生。嬌憨可人的田野的花朵嘟起紅嘴唇親吻春天；麻雀成了攝像頭，記錄著歸鄉遊子對故鄉的依戀；從麥壟吹過的風，成了廚房裡所有香味的母親；鄉間小路竟成為了捆住尋根之情的麻繩。一片赤子之心，縷縷細膩情思，如一杯龍井，香郁，味甘，形美。

說著方言的村莊

我村莊的
　每一朵花
　每一棵草
　每一片天
以及每一個
　穿花襯衫
　村婦的笑靨
都在燦爛的陽光下
　說著方言
正如我遠歸
　帶著鄉音的渴念

我遠遠望見
三星村的白牆黛瓦
在丹金河的臂彎裡蜿蜒

我望見田野上
花朵嘟起紅嘴唇
爭相親吻春天

童年的村莊並不遠
少小離家的我
一路舞蹈著走向村前

我們的村莊有狗吠
河對面的人家
狗吠也是一道風景線

我們的屋頂上有風箏
　縣城那邊人家
　有裊裊的炊煙

村與村
村與縣
　緊密相連

是屋脊上的炊煙
　和風箏般
　飄蕩的方言

一九九五年四月作

原載新浪《曹旭博客》

發表於《上海詩人》二〇二三年第三期

收入楊志學主編《中国年度優秀诗歌》二〇二三卷，新華出版社二〇
二三年四月版

【博客留言】

孫曉婭

曹老師筆下的故鄉是鮮活的流動的文化胎記，有情感悠遠的記憶，有微細景觀的生動捕捉，平凡意象卻蘊含不尋常的想像和比喻，情思蘊藉濃郁卻不乏靈動輕盈，他將飽滿的愛流轉的情遍灑故鄉的山山水水，小徑稻花麻繩之間。

最喜歡第一首，說方言的故鄉的花、草、莊稼，被詩人以新異的擬人筆法寫活了，寫得與詩人的情感相通聯，同時也將濃郁的思鄉之情牽連出來。故鄉不僅有如詩如畫的美，還遍佈豐盈的生命，祖輩流傳下來的鄉音和方言。這首詩情感飽滿，詩意盎然，說方言的我與說著方言的村莊和花草互為你我，不分彼此，這是怎樣剝離不開割捨不下的愛呢。

自在張生

鄉音未改，鬢毛也不一定即衰吧，因為詩人也才到中年。但已遍歷海隅，遍歷天涯，掠過浮塵，回到故鄉故土，回望故人故物，是最真淳的心靈皈依，也是最豪華的出發。

咩咩與哞哞

狗吠、炊煙，白牆黛瓦，一動一靜，形成了一幅和諧生動的故園圖。

炊煙作為經典的鄉土文學意象，其藝術空白足夠讀者想像。讀《說著方言的村莊》，心頭不禁為之一顫，多麼熟悉的畫面，將我帶至兒時的外婆家。外婆居住在深山裡，印象最深的，是雨天傍晚升起的炊煙。七月的山中，淅淅瀝瀝的小雨讓山村顯得更為寧靜。勞作了一日的村民開始生火做飯，滿村的屋頂升起一縷縷炊煙。村中房屋皆是傍山而築，青磚黑瓦，高低起伏。嫋嫋炊煙在黛山的襯托下，顯得那麼溫柔與飄渺。《說著方言的村莊》為我重構了兒時的記憶，更讓我明白，故鄉是一片藝術留白之地，觸動眼、心、神，勾連人、情、美。

潤 掬

讀這些文字，寬厚、慈愛、滿懷赤子之心，讓我熱淚盈眶。

每個人都有他／她的一段鄉愁。故鄉啊，多熟悉的地方，年少時總想著離開，去追尋遠方，而後來卻是想要回去，它竟變成了遠方。離開，最終是為了歸來。可惜麥子還是從前的麥子，麻雀還是從前的麻雀，春夏秋冬也一如既往地流轉更迭，人卻如風箏斷了線。

無憂亦無懼

故鄉的歌，是一支清遠的笛，總在有月亮的晚上響起。所以「我走遍世界，當我無路可走的時候，我便回到故鄉」，而白牆黛瓦、嫋嫋炊煙、淡淡麥花是它永恆的胎記。

消失的小路

小路的相冊
　曾收藏我
　第一枚腳印

小時候和小路賽跑
　它跑到大竹園
　我一路去了縣城

離開家鄉的我
　最懷念的是小路

但小路消失了
任我怎麼找尋

也找不回路上
　祖母喚我的聲音
小路在我的童年
　是許多消失中的一種
我們長大成人
　要以小路的消失為代價
正如祖母
　已經去世多年
但母親說
　有腳印的路不會消失
她看見那條
　活活潑潑的小路

從我家大門口出發
　去了万水千山
現在又回到家鄉
　止步在孤獨的塋前
小獸般依偎在
　白髮祖母的膝邊

一九九六年四月作
原載新浪《曹旭博客》
發表於《上海詩人》二〇二三年第三期

【博客留言】

省錫中實驗學校

《消失的小路》正是消失的童年，留存在記憶裡，只能回味，卻無處尋覓，讀來淒婉而明麗！

褚寶增

我們長大成人／要以小路的消失為代價／其意甚是深沉！

石頭當成玉

欣賞《消失的小路》，民謠風味，極佳的歌詞。點贊！

釣鯨公子

最讓我感動的是《消失的小路》。祖母已死去多年，像消失的小路。老師寫詩，很愛寫到周邊的親人、朋友，其中不乏已經離世的人。無論是父親的麥粒，還是祖母和小路，總是在哀傷的背後又給予人們希望和溫暖，這對於最近思考親人和死亡的我來說，無疑是巨大的安慰和啟發，而這也是詩歌的力量所在。

守拙齋主

特別喜歡《小路》，讓人感慨，浮想聯翩。小路曾經有過——又消失了——媽媽說小路還在。真是一波三折。詩人的詩總有獨特的視角和與眾不同的感覺。

飛魚攆著貓球跑

喜歡《消失的小路》，個人理解的小路是時光，是過往。小路的「消失」是一種沉靜下來的回歸。這首詩讀來淡淡的傷感直擊心底，讀到最後「小路去了無數地方／之後還是回來／靜靜地守在／大竹園墳塋／白髮祖母的膝邊」，猛然就想到了「他已成了一枚／熟透了的麥粒／被家鄉的大地收藏」（《父親的麥田》），「家鄉的大地」、「祖母的墳塋」，是最樸素原始的歸宿和起始。

半窗齋

消失的不僅僅是小路，還有那看不見摸不著卻依然那麼實實在在的歲月，還有被歲月掩埋在各自不同記憶裡的生活痕跡。讀曹師兄的詩，又拾起了消失的記憶，看來「消失」也不是一件容易的事，正如小路，其實並沒有消失，只是不讓你去觸摸而已。

July-- 離離

看了各處抱怨年味消失的話題，我很慶倖生活在鄉鎮，還能夠感受到濃濃的春節氛圍，和小時候相差無幾。小路也還在，只是多了一些水泥路和柏油路，一方面現代，一方面舊時。

詩無邪

一條尋常的小路，卻載著濃濃的鄉愁。對於懷鄉的主題，人們往往選擇懷人去抒寫。這首詩卻抓住一條小路串起懷鄉、懷親、懷友之情。隨著時序的變遷，新的東西不斷湧進我們當下的生活，而曾經熟悉的人事逐漸變得生疏，無聲地消逝在身後。然而偶一轉身，心底情濃如昔，這是我讀來的感慨。

林宗毛

《消失的小路》，像是一支悠揚又略帶感傷的牧歌，又似一條深深遠遠的巷子。少時與過往若隱若現。但卻不止於回憶，「小路在我的童年／是許多消失的一種／我們長大成人／要以小路的消失為代價」。童年的小路遠去了，未來的路，在腳下。

Songjiajun

這首詩沒有距離感，很簡單的入，卻突然被打動了！

韓倚雲
見才氣，見真性情。

孫愷吉
《消失的小路》譜上曲，也很棒啊！

我對故鄉愛得不慌不忙

我走向遠方
　走到無路可走
　我便回到故鄉

我有一天倒下
　異鄉無地容身
　我便葬回故鄉

故鄉會收留他的孩子
　因為我在這裡
　土生土長

今年清明
　看上去怎麼
　有點異樣

村口的麻雀
像幾只攝像頭
停在電線杆上

我不要攝像
也害怕採訪

現在我每年
都要回到家鄉

中年的我
對故鄉
已愛得不慌不忙

二〇〇一年四月作
原載新浪《曹旭博客》

【博客留言】

孫曉婭

福克納曾說過：「我發現我家鄉的那塊郵票般小小的地方倒也值得一寫，只怕我一輩子也寫它不完。」誠然，故鄉對作家情感的浸潤更像是一塊文化胎記，走到哪裡都帶著。曹老師筆下的故鄉是鮮活的流動的文化胎記，有情感悠遠的記憶，有微細景觀的生動捕捉，平凡意象卻蘊含不尋常的想像和比喻，情思蘊藉濃郁卻不乏靈動輕盈，他將飽滿的愛流轉的情遍灑故鄉的山山水水，小徑稻花之間。

寒流自清泚

「中年的我／對故鄉／已經愛得不慌不忙」，這是與時光與生活和解後才能獲得感悟。情之所起，一往而深。

雁　行

把兩隻麻雀比作攝像頭，很有趣。詩人愛寫故鄉，當年上課的時候老師問我有沒有故鄉，我說我在上海長大，老師歎息一聲說，故鄉是靈感，果不其然。

Devils

都說近鄉情怯，對故鄉愛得不慌不忙，這背後，是從容和釋然，是經歲月沉澱的深情與愛。

柯昌禮

喜歡「我對故鄉，愛不慌不忙」。有故鄉的人，活得有底氣，無論生活如何欺負他，拋棄他，故鄉都能給他從容不迫的勇氣。

蘭澤芳草

故鄉是永恆的話題說不完，而對故鄉的感情卻是說不清的，最喜歡這句「中年的我／對故鄉／已經愛得不慌不忙」，少年的我們是毫不留戀地離開，匆匆告別，想著外面廣闊的天地，好像沒有一點眷念；青年的我們呢，在被生活打磨著，將棱角磨平，有「近鄉情更怯」的膽怯，有「欲歸道無因」的無奈；我和我的故鄉是怎樣的呢，什麼時候才能也對它愛得不慌不忙呢。

喜歡千千的紅豆派

人們都說，回不去的都是最美好的，如今我的故鄉又是怎樣一番光景？童年的夥伴們她們還好嗎？是時候回去看看了，我想我的家鄉一定也會歡迎我的！

用戶 7460122495

我走遍世界／當我無路可走的時候／我便回到故鄉

當我有一天倒下／異鄉無可容身／我便葬回故鄉

這好像是從我的心底流出來的，仿佛是從所有在異鄉工作的人的心底淌出來的。

Devils

都說近鄉情怯，對故鄉愛得不慌不忙，這背後，是從容和釋然，是經歲月沉澱的深情與愛。

江狐從前叫小靈狐

我喜歡「我攜詩走向遠方，當我無路可走的時候，我便回到故鄉「。這就像是那些麻繩與磚瓦的具現化。被故鄉綁住的人，就像被麻繩綁住的磚瓦一樣，別無選擇又此心安處地，就屬於那一個地方。

麥花與麥收

從小寒開始
　二十四番花信
　最低調的奢華

是淡淡的麥花

但麥花
　真正盛開時
　田野也要下一場

沸騰的雪

從那時起
　從麥壟吹過的風
　便成了天下廚房裡

所有香味的母親
風一遍一遍地
　磨著六月
把麥芒越磨越尖
　越磨越黃
磨成農人手裡
　鐮刀的光芒
念完咒語
　天剛剛亮
我們開始　麥收
鳥雀開始　歌唱

一九九六年四月作
二〇一四年九月二十一日修改
原載新浪《曹旭博客》

【博客留言】

拂曉

最喜歡這首詩，雪本來是最寒冷的事物，又是一觸即融的，「沸騰的雪」是我們的理性與經驗都無法想像的概念。

但詩人的筆把麥花比作沸騰的雪，在想像的空間裡，詩歌擁有了造物主一般的能量，當我們讀到這裡，並不會覺得荒謬不經，反而在作者傳達的意念裡，把雪的色澤形貌與沸騰般的宏大紛揚完美地結合了起來，這就是詩歌的力量吧。

含章

老師的詩是流動的，就如《麥花與麥收》的「風」。故鄉有她的輪廓，她的聲音，風是自由的精靈，它可以掠過田野，掠過炊煙，掠過母親的鬢髮。而詩的形象又是豐富跳躍的，這是詩人更大的自由。在《麥花與麥收》裡，一個「磨」字，連接了田野，母親，豐收和喜悅；連接了視覺，嗅覺，味覺和觸覺。

付裕

《麥花與麥收》，字裡行間流露出的，是詩人對故鄉的情感，也如這花信風一般，時節流換，鬥轉星移，不變的是赤子般繾綣深情。

自小寒起，「梅須遜雪三分白，雪卻輸梅一段香。」（宋・盧梅坡《雪梅・其一》）。而到了清明二候，便是那田間的麥花。麥花在田野裡開得雪白，仿若一夜沸騰飛雪，給田間地頭的麥子，都戴上了雪色的徽章，那是農人辛勤勞作的結果，是樸素卻又光榮的標記。

林中現鹿亦微隱

麥花與麥收，是花朵與果實的交替，亦是四季輪回的縮影，是田間的詩，充滿著對故鄉的依戀。詩人心中所飽含的詩情，傾注於筆端，便融成了詩意的畫卷。

古時候，人們認為風應花期而來，因著年年如期而至，仿佛是約定好的信號，應約而來的陌上薰風，便稱作花信風。風有信，花不誤，年年歲歲同，永世兩相逢。

裕 之

風吹麥浪千層湧，似乎能夠，帶著麥子的清新與淳樸，飄入家家戶戶的廚房，那是母親為一家人準備飯食的香味，亦是，人，生長在大地上的至高眷戀。

麥芒金黃，閃耀著農人一整年，勞動果實的光輝，那手中的鐮刀有力地劃下，伴著鳥雀的和鳴，是豐收的喜悅，亦是最樸素的歡愉。

苦楝樹

院子的瓦礫堆
　被瘦瘦的苦楝樹佔領

春天的苦楝樹
　被細細的葉子佔領

葉子與葉子的縫隙
　被淡淡的紅花和苦苦的香味佔領

光禿禿的冬天
　又來了兩個佔領者

一是枝上吵架的陽雀
二是枝間燦爛的陽光

陽雀吵架與苦楝樹無關

但七嘴八舌互不相讓
等我趕到院子
它們屏息著朝我張望
倏然轟地一聲彈起
蹬得紙窗上的旭日搖搖晃晃

一九九一年十二月作
原載新浪《曹旭博客》
發表於《上海詩人》二〇二三年第六期

【博客留言】

但白瑾

尊師之思親、念友、歎舊諸章，皆累受歲月之積澱，終成數行之言語。非有大閱歷、大思考、大情感者不能共語也。故不敢妄評。

唯一隅之苦楝，與春始冬余之陽雀，俱悅諸自然，同享諸造化，而與尊師之所共適。

扁舟一芥

《苦楝樹》一首，是春天的一個童話。

葉當前

苦楝諧音雙關苦練，詩中反復寫到佔領，是夾縫中生存，好像在寫我的人生。

苦練可以算這首詩歌接受史的一種讀法。無論正誤反誤，皆契合了讀者的心境與處境。各位的考釋訓詁恰成了這首詩的另一種讀法。像半夜鐘的公案，耐人尋味。

高智先生

苦楝樹在川渝一帶常見，所以苦楝樹也在記憶的深處。紙廠的一條通往嘉陵江邊的石板路，窄窄的石板路兩邊是高高是院牆，院牆邊種的全是高過院牆的苦楝樹，那時我常常從地上撿苦楝樹的果子，整條路都充滿著苦楝樹的氣味和啪啪啪的腳步聲。

用戶 2454837623

《苦楝樹》，金黃的陽光，生機盎然的樹木，一片明媚的希望。詩人的文字有著神奇的魔力！

楊東建的博客

我的家鄉管苦楝樹叫楝棗樹，小時候，我家門前也有一棵。

詩人的《苦楝樹》引我展開了兒時的畫卷，令我讀來親切。春日的苦楝雖瘦，卻撐開一片飽滿而溫馨的小世界。它佔領院子一隅，又被自身的細葉佔領，細葉間亦不曾閑，為「淡花」「苦香」所佔領。由遠及近，「瘦」「細」「淡」「苦」四重疊詞循序推入，實虛變際，感官轉換，不動聲色間，將「春意之鬧」和盤托出。時值冬日，葉銷於盡，亦不乏佔領者，陽光、陽雀，動靜投合。「七嘴八舌」的不只是陽雀，更是綿延不絕的生機！它們在眼前飛走，開啟了新的年歲與希望！

玉　蕾

最喜歡《苦楝樹》，我喜歡樹木，每次當我遇到生活中的打擊，我都會想像自己是棵樹，因為樹木也會遭受風雨雷電，但是總也有陽光雨露。四季紛回，樹木發芽、茂盛、凋落，可是每當我看到陽光下生長樹木，我都會覺得生命就是生機勃勃。苦楝樹一點也不苦，有陽光，有陽雀，有一輪新的一年裡初生的太陽，這棵樹正在發芽，正在生長。

薑花人

《苦楝樹》一詩，平中見奇，猶如幽遠之音符，嫋嫋不絕。

個人過於博愛

只見它們飛走時，「倏然轟地一聲彈起／蹬得紙窗上的旭日搖搖晃晃」，細膩的筆調下滿是細膩的情感，像元旦金黃的旭日那樣圓滿！

用戶 6443734337

曹教授的詩在淡淡的傷感裡流露著潺潺的珍惜；妙趣橫生的細節特寫在絢麗陽光的映射下更為有聲有色；明白曉暢的詩歌語言裡蘊含著作者的通透的哲思與不熄的熱情。

綠繡 |x-

最後一首最後一句「等我趕到院子／它們屏息著朝我張望」。有聲響，有光影，有冬陽的溫度。

車水歌

往事用另一張嘴
　哼著歲月的老歌
一排肌肉隆起的男人
　手搭在水車上
　大腳踩著水波
為把河水牽向稻田
　水車和腳趾之間
　滾動著一條清亮的小河
他們光著腚子
　前面系一塊遮羞布
　車水唱歌
男人的遮羞布被風吹起

此時恰好有船
從河上經過

船上的人
朝他們
指指點點

女人們遠遠望見
一齊害羞地扭過頭
彎腰笑得靦腆

聽此時嘩嘩的水
一半流進了
膨脹的血管
一半流進了

乾涸的稻田
船駛過村後的煙
車水的男人和船上的女人
都破成舊照片
現在鄉村機械化
車水人的歌
已失傳六十多年

一九九二年七月作
原載新浪《曹旭博客》

【博客留言】

傅蓉蓉

《車水歌》的美在於詩人沒有濫用同情心，鄉村，車水人，這些名詞已經被許多不知所謂的「鄉愁」，「感傷」，「追憶逝水年華」包裹得面目全非。

但是這首詩沒有落入廉價審美的窠臼，以最平靜平淡但極空靈的句子去呈現自然生命狀態下樸素的詩意，寫得很淡，但是淡而能遠，淡而能久，在簡淡裡，還原了一個少年心中「原來如此」，「歷久彌新」的鄉戀。

史曉婷

《車水歌》又沉湎深情 讓我想起我也很喜歡的散文集劉亮程的《一個人的村莊》

文志華

《車水歌》這首我最喜歡，但我卻說不出它的好。鑽牛車棚，跟牛說話是用魔幻手法來鋪墊，是想要回到最原始，回到最本來的文學的原點去觀察。然後展開一幅六十年前的民俗畫卷，男人們唱歌，這是饑者歌其食，勞者歌其事的詩；男人前面的遮羞布被風吹起，女人扭頭笑得靦腆。這是生殖的和愛情的詩。這都是生命的本來的東西，卻消失了。

楊東建

讀《車水歌》：一個詩人一生的寫作／離不開童年和故鄉／用詩性的文字重拾曾經的記憶／這是對／生命原初狀態的體味／淺淺的歡悅／亦或是淡淡的哀愁。

半輪滄海 916

曹老師的詩，總是充滿生活氣息，不單單是平常生活的速寫，而是生活的昇華與高歌。

燕泠 123

《車水歌》是一首有味道的詩。暖烘烘的陽光讓車水人的汗水味與牛身上的牛糞味產生了奇妙的光合作用，散發出一陣清新，混合著泥土的芬芳，蒸騰出久違的質樸的野性香氣。

博客思出版社的博客

往事用另一張嘴／哼著歲月的老歌……寫得真好。

稚始稚終 Dt

《車水歌》，從一個小場景切入，勾勒出從前在村莊生活的純真和質樸。卻是六十年前，童年往事沒有隨時間淡忘，反而有些回憶越發凸顯。

驚蟄

又是一陣
　猛烈的轟隆隆的
　突如其來雷聲

被雷嚇破膽的你
　將信將疑地
　伸出頭

把驚蟄的慶賀
　當成又一次
　引蛇出洞的陽謀

夢還很遙遠
　殼尚未脫去
　家建在頭頂

小心翼翼的你
　整個冬天都選擇了
　孤獨僵臥的睡眠
醒來還是冷雨
　乍暖還寒的時節
　陽光最消魂
終于照亮前世
　你擺脫醜陋
　自由自在地飛騰
你已化為彩蝶
　情願死在花海
　也不枉為一生

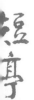

二〇一三年四月二日作
原載新浪《曹旭博客》
發表於《詩刊》二〇一四年七月號上半月刊
收入楊志學主編《二〇一四中国年度優秀诗歌》，新華出版社二〇一五年二月版

【博客留言】

石頭當成玉

今獲上師大圖書館前館長曹旭教授擲書《中國散文通史》（當代卷）一冊。內第三編抒情性藝術散文第二章大陸男作家藝術散文第二十四節中，有敘述曹旭散文段落，兩頁有餘。曹館長研究《詩品》卓然成家，研寫藝術散文也青史留名，跨界通透，名副其實。還是希望，希望曹館長有更多的散文著作問世。

用戶0

被雷鳴閃電嚇怕的你／將信將疑地／伸出頭／把驚蟄的鑼鼓／當成又一次／引蛇出洞的陽謀／體現了詩人對知識份子命運的關注和反思。像是寫實，又像是寫人，寫每一個人。意蘊深遠！

新浪網友

有點想造反？

Jrzl

意蘊深遠，內涵豐富。不同人會有不同解讀。

梅珈山人

寸步難行的你／整個冬天／都選擇了孤獨的睡眠／我最喜歡上面這三句，那種夢幻感、猶豫感、負重感全在其中矣。再讀這幾句，忽然讓我想起了「孟冬寒氣至，北風何慘慄」和「凜凜歲雲暮，螻蛄夕鳴悲」，覺得詩人中用「選擇」一詞所蘊涵的孤獨與無奈的意味！

花香攜滿袖

期待春天的來臨，又害怕一聲聲的隆隆響雷。小時候生活在農村，每次春雨伴著響雷來臨的日子裡，我爸總是要去村裡值班，然後做著一夜淺淺的夢。第二日，起來或許會聽聞哪裡的水泥管子爆裂了或者是樹倒了，我媽告訴我是春天來了。

揚　揄

象徵，擬人，化蛹為蝶的涅槃傳奇。

秋　語

夢還很遙遠／殼尚未脫去／家仍在背上／我也喜歡這三句……

當驚蟄的雷聲響起，總有一天，我要擺脫前世的醜陋，自由地飛騰！

雅、舞雩

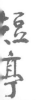

人生是一種奮進，人生都在苦苦地掙紮，我們都在掙紮啊，時不我待，為了絢爛。

一點土

「知道進不了《群芳譜》，仍然艱難地證明自己，對蔑視你的人？」是詩人散文寫草的句子，和此詩相通。

雁行

這詩是詩人寫給自己的，也是寫給所有不斷追尋不斷探索之人的。於我，讀到這詩時，就好像看到了在學問之路上既迷茫又不願停下腳步的自己。讀罷，眼淚竟已冒了出來，多麼希望有天我也能自由地飛翔啊。

歐風美雨中行走

曹老師的詩寫得就是好！祝賀大作發表在《詩刊》上！

鄰家那扇窗

粗心的主人
　造好房子
　把一扇窗忘了
先天兔唇的窗戶
　就這樣 一直開著
白天開著的時候
　見不到太陽
黑夜開著的時候
　就像黑夜 一樣
四季花開的時候
　窗開著

所有的花都謝了
　窗仍然開著

桌子上的茶已經涼了
慶祝的客人全都散了

堆在窗口的酒罈子空了
歲月流盡最後的甘霖了
　它依然開著

牆已經倒塌
主人已經死去

野草長滿破屋
瓦片不知去向
　它仍然默認地開著

我已經
很久 很久
沒有回故鄉了

不知道鄰家那扇窗
現在
關上了沒有

二〇二〇年八月二十二日 星期六
早上五點醒來忽然想到這些詩句，六點起來寫下來，稍作修改即如此。

原載新浪《曹旭博客》

【博客留言】

魏現軍

把不同的時間和空間置於窗這個平面中，窗就成了鏡頭。

朱立新

曹師寫過很多典雅的格律詩，也寫過很多摩登的現代詩，做什麼像什麼，總能各盡其妙，各傳其神。

無意中留下的一扇窗，留下的一個洞，留下的一個虛空，卻能納萬境、了群動。它默默地見證了晝與夜的交替，見證了四季的更迭，見證人世的滄桑。它熬過了無盡的歲月，直到熬走了它的主人，而它依然用豁了牙的嘴幽幽地訴說著塵封的往事。

文師華

以前鄉下人外出勞動，不用關門，窗戶更不用關，沒有偷盜的事情發生。農家光膀子勞動，是常見現象，脫衣褲勞動也偶爾有之。《鄰家那扇窗》寫出了民風的單純古樸。

傅蓉蓉

開著的窗猶如蘇州園林「借景」的營造手法，透過它，我們看到了變幻的季節，流淌的時間，充盈的喜悅和苦難；看到了人來人往，心造萬物以及萬法歸一。從這個意義上說，這扇窗也是一雙天眼，偶覷紅塵，時見青山，能慈悲，更多情。

綠繡 lx-

「黑夜開著的時候，就像黑夜一樣」很有味道。私以為「窗一任風雨進進出出，沒有半點隱私」的「沒有半點隱私」沒收好。意思太顯豁而節奏感又斷了，好像在這裡收尾了，後面還在繼續地鋪陳，但不啻為一首佳作。

宋佳俊

我感覺，我就是老師詩裡那個粗心的主人，一開始只顧著造房子，而忘記了造窗戶。後來，在老師的督促下，補了一扇窗，但也總是關著。

葉當前

鄰家的窗戶與大門天天敞開歡迎夥伴們，如今傾圮想進去而不能，徒增憂傷。鄰家窗戶是生命灌注的眼睛。在不同的時代有不同的生命氣息，詩人借窗戶詠懷，窗戶是時光隧道，虛實結合，今昔對比，看似回憶，實則是心靈燈光下的影像。

文師兄生活中的窗戶是一個時代的縮影，是鏡子中的映射，把我們拉回到從前。宋兄的窗子成了意象，是老師啟迪下打開的心靈之窗。我眼中五花八門的窗子是我永遠不敢登堂入室的怯弱表像，即便倒塌了，我還覺得神秘。老師的詩心難測，讀者的體悟不一，讀詩讓我理解到了詩歌的張力。

李傑玲

開在詩裡的窗：鄰家的窗戶，開在牆上，也開在心裡。開在心裡的時間，要比在開在牆上的時間久遠。尤其是在一顆懷鄉的心上，一顆經歷了風雨洗禮的心上。不管歲月如何沖刷著房子的顏色、窗戶的顏色、記憶的顏色。詩人對故鄉，仍然敞開懷抱，一如鄰家開著的窗，等待著心靈的主人歸來。

文志華

《鄰家那扇窗》第一句就騙了大家，因為主人不是粗心，也不是忘了。此窗名曰天窗，是人和自然的紐帶，開在天人之際，上連九天，下通幽冥。先天而存在，非牆能隔開。天窗不為人出入而開，卻見證四季和人事的輪回。唯一可以通過那扇窗的是酒，是文學的精神。我個人覺得，這扇窗象徵著中國傳統的天人相連的文化，從現代人的角度審視，它是鄰居，是故鄉的代號，它似乎已消亡，如同西方人上帝死了。但是窗一直在，只是我們自己把窗關上了，把天人關係給斷絕了。只要再打開，又會復興一個新的世界。

郭培培

物是人非一層悲，人物皆非更進一層悲。拜讀老師的《鄰家那扇窗》，何人不起故園情。

第二輯

親情燈光

祖母的燈

小時候記得
每到晚上
祖母總會點一盞燈

把鄉下的老屋照亮

祖母的燈
點不滿屋子
因為光的一半

總被她用手遮住

燈一點燃
風就追過來

滿屋子的黑影

比人的腳步快

為了走完
　從灶頭到床頭的一段路

祖母必須一手擎燈
用另一隻手

呵護微弱的光豆

我依偎在祖母身旁
　行走在光的另一半裡
　抬頭看祖母的臉

是一彎苦日子的下弦月

祖母的眼睛
　是夜空裡
　兩顆美麗的星星

祖母不點燈了
　燈在她的腳旁
　跳動著微弱的光

她躺在門板上
　無聲無息的臉
　比蓋著的蠟紙更黃

祖母的墓地裡
　長出一棵小樹

樹上有一隻小鳥
正在悲傷地歌唱
我是她的長孫
我已經長大
我很早就離開了故鄉
已經習慣了一個人
在陌生的黑暗裡
獨來獨往
多少年的今天
我忽然淚流滿面
心裡充滿了悲傷
因為我想起

故鄉的老屋
滿屋子的黑影和風
想起祖母用油燈
點燃我
童年的光芒

二〇一三年十月一日上午六點半到七點半，一個小時淚流滿面地完成。
原載新浪《曹旭博客》
發表於二〇一四年七月上半月號《詩刊》
同年入選二〇一四年《詩刊》社編的《小學生朗誦詩100首》
二〇一五年九月二十七日 星期日中秋節，在北京國子監孔廟「中秋詩會」上朗誦，北京電視臺轉播。

匙河

有時，從黑暗的洋海中浮現的、那以手擎燈的人，並非什麼先知，而是貧窮又堅韌的祖先，他們手中一半的光就配得我們的柔情與敬意。

當祖母用手擋住聞訊而來的風，護住搖曳不定的光時，她無意間就像十七世紀的荷蘭畫家，重新安置了光源，使光與影、明與暗有了自然而驚心的對照，在人臉上，在屋子裡。比如滿地亂躥或疾走的影子，聞風而動，見光就著；比如祖母下巴上那一道淺近的光，就是「一彎苦日子的下弦月」！

曾經走在祖母身旁光的另一半裡，如今獨行於陌生的黑暗中的人，燃燈一般，用陣陣詩行重置了光影裡數不清卻看得見的時日。那突如其來的悲傷裡就有了圓月的光，它照亮從灶頭到床頭，從人世到永恆的路。

朱立新

老師有很多的光環，在我年輕的歲月裡，那些光芒照亮了我前行的路標。但隨著年齡的增長，這一切在我眼中已不再那麼重要，在我心目中，老師已還原為一個純粹的人，一個深情的人，一個永遠懷著赤子之心的人。每每讀到那些深情的文字總讓我感動不已。

歐風美雨中行走

祝賀大作發表在《詩刊》上！

虞應心

寫得真好，入心動情。真是詩如其人，曹老師的人格魅力讓我深深折服。今日教師節，祝敬愛的您身體健康，闔家幸福，天天好心情。

雅、舞雩

喜歡《祖母的燈》。我依偎在祖母身旁／行走在光的另一半裡／抬頭看祖母的臉／是一彎苦日子的下弦月／我最喜歡這幾句，每每看到這裡感動不已。無論自己讀一讀，還是在課上聽見老師朗誦，嗓子總會突然抬高，無聲暗啞。

軒窗臨水開

看詩和讀詩不一樣，讀詩和聽詩又有不同，第一次看《祖母的燈》只注意到「風就追過來」這種令人警覺叫好的辭藻，再讀也只有很淡的哀傷，直到聽曹老師自己念了幾句，滿屋子的笑鬧　住了腳。我第一次聽，眼淚霎時湧了出來。老師讀得並不刻意煽情，只是渾厚響亮的聲音一起，抑揚之間，久遠的、昏暗的畫面突然如在目前，素樸的字句有了顏色。

曉　沅

詩人的筆觸，哲人的沉思，親情感人！倉惶北望，迷失在北風中的荒塚。今年祖母離世已經十周年了。讀曹老師的詩，我淚流滿面。

世說三十六

詩中，見出了上一輩人物質生活的艱辛。燈的光豆，照亮了祖母的心靈，也照亮了「我」的精神世界，在我們物質生活富餘之時，有一盞「祖母的燈」在心中溫暖著，即使遭遇「陌生的黑暗」，何懼？

葉當前

沒有罩子的燈，風一吹，就會滅。記得有一種用竹篾做成的燈盞，點煤油、燈芯草，可以掛在牆壁上；還有用墨水瓶自製的簡易油燈，燈管是用牙膏皮卷成的，燈芯是用線搓出來的，耗油。讀詩人的詩，懷舊之情油然而生。但又分明不是在懷舊，而是在寫人生，點亮「陌生的黑暗裡」一批人的心燈。

陸　路

升之師的祖母用燈點燃他童年的光芒，升之師的教誨也如明燈照亮我們的學術人生。

沐嵐孤松

詩人的這首詩讓我想到了自己的外婆，老人對我的愛，是我最溫暖的童年回憶。

用戶 h8dvqy88ad

其實，在聽老師課上自己讀出此詩時，就有種想要流淚的感覺。真情流露的詩篇配上略帶滄桑的聲音，帶給我們的豈止是一點點的感動

zifeng116

性靈之說豈是古詩才有?老師的散文和詩，都是獨抒性靈的絕妙辭章。贊

青山如掃月如眉

我記得老師在課堂上有一次說到祖母時淚光盈睫，很喜歡其中的一句：

抬頭看祖母的臉/是一彎苦日子的下弦月

一尾魚

不需要過多的著墨，簡單幾句彷佛看見了祖母照拂著小光豆般的我

們，那樣的小心翼翼與勞苦樸素。想到了我的祖母，略彎的脊背，走起路來顫顫巍巍的小腳。喜歡詩人筆下的祖母，和流淌著的溫暖的親情。

雁行

有幸聽老師在課堂朗誦過，當老師讀到「我依偎在祖母身旁／行走在光的另一半裡／抬頭看祖母的臉／是一彎苦日子的下弦月／」時，我想課堂上的所有人都被感動了吧，起碼我是，好像看到了祖母的臉，也看到了祖母呵護長孫的心。

風雅居

我彷佛看到黑暗的夜裡，一個慈祥的老奶奶一手護著燈苗，一手拉著小孫子的場景，在油燈的映襯下，她的身形拉著越來越長，漾起鄉村的暖意，故土的情懷，生者的思念，逝者的綿長。真的好懷念那些歲月，一盞淺淺的油燈下，一份單純的恬淡與從容。

月下步

讀罷詩人的詩，感歎頗多。祖孫之愛總是深沉而不激烈的，卻讓人刻骨銘心。我的祖母去世三年多，如今想起來已不再痛入骨髓，但那種心酸依然還在。

扁舟一芥

這首詩是我的最愛！溫暖而凝重，自然而有豐厚內涵，對於祖母，對於故鄉，對於過往……這首詩我已經讀了多遍，感謝這首詩。讓我深切地想起了我的祖母，讓我清晰地感受到了故鄉老屋的光影……

壯氣吹鵬

滿屋的黑影和風，那貧窮的歲月裡，我靠祖母的手呵護住了童年的光芒。後來祖母去了，而我習慣了在黑暗中獨來獨往。或者說祖母當年給我點燃的童年的光芒，令我足以在黑暗中獨來獨往。

Ibrave8540

這首詩通過懷人（祖母）來感物（童年）。它通過對祖母的感懷，表達對親人的哀思和對美物的追想。創作，是求新的。誠然，這世界如果「很舊」，就沒意思了，正因為一代人一代人「新陳代謝」，「懷人」這個主題才常寫常新。

劉強

感動。問曹老師新年好！

荒荒唐唐

詩人氣質，赤子情懷。人不能忘本，不能忘記農民，不能忘記母親，不能忘記祖墳，不能忘記鄉親。

綠繡-x-

想起《供祖宗》那篇，祖母站在香燭前面，喃喃地說很多話，此詩「無聲無息」四個字讓我覺得很難過，落寞的難過。

祖母的老屋

祖母的老屋
　無緣無故地
　被暴雨鞭打

暴雨把老屋
　擂成滂沱的鼓聲
　砸成跳躍的青蛙

被暴雨肆虐以後
　合不攏嘴的老屋
　痛得在北風裡尖叫

忍無可忍的殘瓦
　便像外出務工的農民

成群結隊地走了

瓦不能遮蔽屋頂
閃電就像董卓
帶劍上朝

被砍破的老屋屋頂
一輩子漏聲不止

老屋受難的過程
就是一部雨淫威的歷史

好在老屋對漏那點事
早已聽之任之

我出生在那裡

是老屋苦難的見證
清明的炊煙都停了
雨水為什麼不停
祖母在的老屋
是我童年
最溫馨的風景
祖母不在
屋後的群山
仍是她聽話的兒孫

二〇一〇年七月十八日作
原載新浪《曹旭博客》

方錫球

《老屋》，誠如王國維所言，乃是「有真感情，真景物者，謂之有境界」。讀老屋，那風雨，那山，那水，那人，還有燈下的祖母，風雨中溫馨的童年，都隱身了，縈繞在腦際的是感動，是深情。

世說三十六

老屋，如關於他的詩——《老屋》，一樣深邃。老屋的堅忍、老屋的擔當，無論西風還是東風，無論朝左吹，還是朝右吹，老屋「不屑」，照舊亮著「祖母的燈」，體悟時光的流淌。屋後的群山也好，幾座大山，不過是老屋子孫。

月下步

老屋就是一個滿載著歲月的神話。

無憂亦無懼 W

老屋曾亮過那盞溫暖的祖母燈。

用戶 pvizs5g4ao

1.文本細讀《老屋》與《祖母的燈》，感覺兩者是一系列詩歌，都是寫「鄉下」。

2.《老屋》其意旨如海明威《老人與海》般深刻，觸及人的靈魂與尊嚴。

3.《老屋》是寫「人」的。詩中的「老屋」，在藝術形象上，是一類百折不撓、堅強隱忍、敢於面對生存現實的「人」的形象。

4.《老屋》委婉地表達了一種核心價值觀。在詩中的暴雨和閃電，是與人相對的種種生存現實。老屋的「受難」，老屋的「聽之任之」，表現了無與倫比的堅強和氣度。在艱苦卓絕的環境裡，「老屋」憑著毅力，與現實默默地抗爭，他不失尊嚴，他捍衛的是民族人性中的一種核心價值。

偉偉到來了

「砸成跳躍的青蛙」——這句我最喜歡。沒有親身看到並細心察覺者，定然寫不出。我小時也時常看雨打草屋，老師的詩句一下子讓我找到了當時的那感覺！

青山如掃月如眉

老屋如燈矗立，燈擎於手上，重如你，亮如你，哪裡有比白髮的光芒，

更讓我想起這初升的太陽？——致曹師《老屋》

劍公子

好的詩歌分兩種，一種是震撼，一瞬間擊中你的神經，像霹靂，像閃電。還有一種是清茶，平淡無奇，一口一口抿下，咽到肚裡，流進心裡，才灑出一滴毫無知覺的淚，並且流了好久好久。

詩人這篇詩歌儘管有暴雨，有閃電，但卻是後者，因為直到此刻我眼角仍然掛著一滴揮不去的淚……

壯氣吹鵬

老屋：沉默的中國農村，所有祖輩留下來的值得珍惜的一切。老屋的身上佈滿了時代狂暴的痕跡，凝聚了作者自己生活的經驗。作者所經歷過的那段歲月構成了這首詩裡難言的痛苦，這種痛苦仍以老屋被破壞的現實繼續存在著。老屋，如同每一個漂泊者的農村的家一樣，將隨著最後一個親人祖母的離去徹底地成為歷史。

用戶 3133115585

故鄉，生命的起點，更是創作的源泉。感覺您的詩，越來越結實了，像成熟飽滿的穗子，砸落地上，鏗然作響，砸落心裡，久久不能平復，恨不得馬上飛回去，摸摸老屋的窗棱，聽聽九十三歲外公的嘮叨。

祖母的酸棗

因為沒有甜棗
祖母栽下酸棗

而故鄉圍牆的隙地
　正適合棗的慳吝

棗雖然一輩子
　瘦硬節儉

但成熟時
　鳥飛來蹭去

棗也會奢華地
　落一地紅色的隕星

長在貧瘠土地上的酸棗
　是嫁到三星村來的女人
祖母剛嫁來的羞澀
　是棗花純樸的微笑
祖母在棗樹上
　拉一根長繩
她在花間晾衣
　我在樹下讀書
但我不喜歡讀書
　喜歡撿地上螞蟻爬過的棗
把棗肉吃完

把棗核扔過牆去

聽鄰牆外面
　鳥兒罵我的聲音

一杆杆打棗
一年年光陰

祖母長眠地下
　棗樹上結滿
　我紅紅的思念

一九九五年六月作
二〇一五年六月十四日修改
原載新浪《曹旭博客》

收入楊志學主編《中国年度優秀诗歌》二〇二二卷，新華出版社二〇二三年三月版

【博客留言】

台灣博客思出版社主編

祖母剛嫁來的羞澀／是棗花純樸的微笑……寫得真好……

逍逍雨歇聽風吟

寫新詩，要用陌生化的語言，動用所有觀感。「紅紅的思念」便是極好的示範，思念的熾熱躍然紙上，深深印入讀者腦海。

潤墨苑

鄉土系列，是曹師散文和白話詩主要題材之一。諸多鄉土意象，自然貼切，讀來倍感親切。非親歷農村生活者，不能道也。剪取生活片段，抒情節奏回環複遝，倍增思念之情。

全前2013_369

回到過去沉思今天，「紅紅的思念」是生命哲學，是宇宙的理式，在大資料化的時代，在一切都要抓手的當下，在落實就要可操作性的語境中，讀有思想的詩真的是一種奢侈與享受。

木魚雲響

先生筆下的清明沒有細雨紛飛，唯有普通物什上留下的那些深深淺淺的紋路，刻下的物是，不忘的人非，讀之斷魂！

廢羊羊要推文

可以感覺到老師身周脈脈親情的流動。我彷佛又回到去年聽老師用那低沉渾厚的聲音吟誦著自己的詩歌，句句質樸，字字深情。

Mor 甯寧

我曾於農村生長，卻不曾為她寫詩；我曾有親人離世，終不曾與他相別；我曾看萬物教化，還不曾感謝片言。此詩不僅寫出了我心中所有的遺憾和感動，也更無聲地告訴我，要拿起筆，感受世界。

魏 傑

今年秋奶奶門口的柿子又紅了，但是奶奶走了。奶奶走了，她的柿子樹就丟了魂。

張秦銘

曹老師的詩，不管是新詩還是舊詩，最打動我的，就在於其中隨處可見的深摯的感情。讀到這首詩，我也開始想念在我小時候照料我的曾外婆。老人和小孩之間的感情總帶著一點天然的脆弱和傷感，大概因為年紀相差太大，總是不由得想到必然到來的離別。

回到這首詩的文字本身，棗既是祖母的象徵，也是詩人與祖母共同生活中的具象事物。詩人從形、色、味、聲各個感官角度來描寫了棗的花果，有靜有動，有虛有實，讀之仿佛也來到那個種著棗樹的小院中，祖母的一生、童年詩人和祖母的共處，都走馬燈一樣地凝縮和展現在我們眼前。

父親的麥田

父親已經去世
故鄉仍然花開
長眠故鄉的父親
是江南的一座孤墳
每年四月
我回到故鄉
都在田野上
發瘋似地奔跑
發瘋似地呼喊
到處尋找父親

我在村口
　攔住扛鋤頭的農民
您可曾看見
　我的父親在哪裡
村莊的每一條道路
　都留下了他的腳印
清明的紙錢
　燃成燭光的煙
我們在煙和燭光裡
　與冥冥中的父親見面
老農突然大聲喊

你父親還在田野上
他已成了一枚成熟的麥粒
被家鄉的大地收藏
父親的稱謂
是兒女用來遮蔽風雨的帽子
父親去世以後
這頂帽子就永遠藏在我們的心裡
聽老農的指點
我們就用一捧麥子祭奠
只要父親是其中的一粒
我們在來年

就可以對著大地麥田
像春風一樣地懷念

寫在二〇一四年六月十五日父親節，寫作後朗讀一遍，熱淚滿面。
原載新浪《曹旭博客》
發表於北京《青年文学》二〇一五年第八期

【博客留言】

朱立新

又快到了祭奠的時節，讀著《父親的麥田》，特別感動。總覺得每年清明，是陰陽兩界的人們，隔著永恆的時差互相約定共同上網聊天的時候。借著搖曳的燭光、升騰的煙氣編織成的互聯網，追尋父親，追尋故鄉，追尋渺渺往事，追尋款款深情。就這樣，父親從過去走到了現在、並且走向了未來，化作一粒麥子，現身來年的麥浪。

守拙齋主

讀了曹老師的作品，我覺得自己是沒法寫了。曹老師的舊詩真是深情綿綿，騷人雅致，唐詩風韻，最近義山、杜牧、龔自珍。特別讓我訝異的是，新詩竟也能寫得那樣雋永優美。《父親的麥田》深深地打動了我，真是赤子情懷，才子文章啊。

張喜貴

對於親情與故鄉的書寫，一直是曹師創作的重要主題，祖母、父親、大姑、兒子以及自我都在作品中有真情的描摹。尤其是對父親的追憶更讓人動容，從散文《父親的別墅》《父親在窗口澆花》《爸爸的棋友》《父親的木屐》，再到這首《父親的麥田》，都是對父親深情的追憶與祭奠，這種追憶大多是通過系列的精妙比喻來達成的。「父親的稱謂／是我們用來遮蔽風雨的帽子」、「對著大地麥田／像春風一樣地懷念」，寫情如此，方為不隔。同時我還想到曹師寫父親散文中的一個願望「要是不過年，光陰停下來，大家都不老，親人永遠在，那該有多好」，是否與東坡的「但願人長久」有異曲同工之妙呢。

用戶 16171109130

曹老師的詩，總是有一種青春的氣息，並不隨年齡的增長而改變。這是最難得也最難學的。

此詩是江南的一壟黃土，是您生命之根、情感之源。您把這根、源刻畫得清晰透徹，感人至深。我讀到一半的篇幅，已經被深深感動了。及至讀到老農的一聲大喊，卻又有「天外黑風吹海立，浙東飛雨過江來」那種突如其來的感覺。突如其來地，父親變成一粒麥子，從土地中化出、復活，輪回為新的生命形態，則使詩在深情之餘，又有了哲思的高度。

July-- 離離

如此細膩的文筆，一定來自一個多愁善感的靈魂。

宮商角徵羽

最喜歡這首寫父親的詩。如何？蓋情真故能動人心耳。

一尾魚

「父親已經去世，故鄉仍然花開」，一句話就是一首詩，乍讀這一句，腦海裡就呈現了田野中伏地的花花草草圍繞著一個不起眼墳堆的畫面。亦蒼涼亦安詳，那是父親一世沉寂的歸宿，這就是故鄉的味道。記得老師課上問過大家「在座的誰有故鄉？」很慶倖我是可以果斷舉手的那個人。每次遠行回鄉，往窗外看去，總會時不時看到那一個個散落的鼓堆。墳不動，車前行，它們就靜靜看著列車呼嘯而過，那又是誰的故鄉？所以說，有故鄉的人是幸福的，浮游在外有故鄉可念的人是幸福的，最終回到故鄉的父親是幸福的。感念老師對故鄉的深情，讓我始終牢記我是一個幸福的人。

柯昌禮

清明將至，讀曹師《父親與故鄉》，感同身受，突然想起去年離去的奶奶，在此留墨，以文答詩並紀之。

用戶2897360097

讀《父親的麥田》，真切感受到詩人對故土的熱愛，對父親的眷念。

在故鄉土地上，回憶是永不凋謝的花朵，永遠沒有花期，村莊的物事，對父親思念，成為生命中永遠的泉源，鄉思的灌溉，會讓他們連綿不斷地盛開下去，直至生命的結束。

用戶 2596187992

詩是人間最美麗的文字，辭采格律結構或許還在其次，最動人處在于詩人體貼萬物，關懷世情的豐厚內心。

584625683

真情往往最動人，清明剛過，讀《父親的麥田》，滿是沉甸甸的感動，父親雖已逝去，然詩人對他深沉的想念已經融入骨血，走在田間，故鄉的花，嫋嫋的青煙，父親走過的小路，甚至田野裡每一顆麥粒，都被寄寓詩人的緬懷之情，花開花落，麥子春播秋割，父親早已與故鄉融為一體，以另一種方式成為了永恆。

風之翼

有句話說，父母在時，人生還有來處；父母不在時，人生只剩歸途。死亡本來是冰冷的，但是因為父母跨了過去，它也變成了溫暖的。父母不僅在現世給我們庇佑和守護，支持與溫暖，還趟過生死的大河，在彼岸為我們點亮歸途的燈火。因為他們在那裡，我們也有了面對一切的勇氣

父親的地平線

日子荒蕪了
　留下依稀的腳印
燈火闌珊了
　小站是我的親情
母親帶我站在月臺上
　雨濕潤我的眼睛
遠方傾倒的地平線
　是父親剎那的背影

二〇〇五年十一月作
原載新浪《曹旭博客》

【博客留言】

願得雁行

最美不過童心詩

無憂亦無懼 W

「吹簫人聽簫人——是我自己」「遠方模糊的地平線，是父親的背影。」不一樣的寂寞，一樣的令人感動，大師手筆！又想起了老師的散文名篇《故鄉・祖母・紅櫻桃・我》

樂莫樂兮新相知 97

人生往前看充滿絕望、痛苦；但是往後看則是甜蜜的回憶。詩人用文字溫暖了往日的苦難。

大姑和姑父

藍天下面
　是厚厚的黃土
黃土下面
　長眠著大姑
陪伴大姑的
　是倔強的姑父

大姑代表了
　門前小河的桃花
姑父代表了
　村莊黝黑的泥土

他們之間的感情

像農具一樣樸素

給大姑和姑父拍照
他們並排站著
就像並排站著的
兩棵玉米

姑父看著大姑
是一把鐵鍬
看著一把鋤頭

大姑閑對姑父
是一隻菜籃
閑對一隻竹簍

村裡人很少聽見

　大姑說話
大姑一輩子
　只和土地說話

姑父的沉默
　沒人能懂
只有季節能懂
　種子能懂
　耕牛能懂

大姑活著的時候
　耳朵就有些聾
現在埋在地下
　更什麼都不通

姑父死去多年

但他勞累的腰傷
現在在泥土裡
下雨的日子也會疼痛

大姑用種地的力氣
想掰開一元錢的硬幣
買兩塊錢的東西

入殮的那天
姑父才洗淨腳上的黃泥
穿上一輩子捨不得穿的新衣

他們生前經常吵架
此時才開始安靜
怕把對方吵醒

我走了一圈一圈
　繞著大姑和姑父的墳
始終找不到
　哪里是生死出入的大門
但見長得擁擠的
　是墳上的野草
我就知道
　村裡死去的人多
　活著的人少
誰家吹吹打打的一群
　披麻戴孝
清明的嗩吶

在風中完全跑調
我從墳地回到村前
不可思議地看見
趕牛的姑父回來了
他正抬頭看天
只見自家的屋頂上
又飄著大姑
燒飯的炊煙

二〇一四年七月二十七日修改
原載新浪《曹旭博客》
發表於《上海詩人》二〇二三年第六期

【博客留言】

半窗齋

看得出，曹兄對往事還記憶猶新，內心難舍，因為是生活的一部分，感情的再延續，所以寫來流暢而不華麗，真誠而不做作，有寂靜的畫面，也有曾經的深沉。不拘泥詩的韻律，文筆卻越來越沉穩了。

用戶6562721344

您好！讀了您的詩歌初時未覺酸澀，但每讀到結尾卻總是有些淡淡的傷感。親人故友離去不管經過多久也總是每每讓我們想起便要落下淚來。讓我們於浮躁塵囂中還能憶起曾經的溫情與感動，憶起已經失落的思念。

台灣博客思出版社主編

時代的樣貌，在詩人字裡行間，訴說著昨天的憂心……大姑的臉上抹不去的風箱，在雙手關節變形的手指間……操持著田裡永遠還有做不完的工作……在黃土下長眠的人們，不安的靈魂仍想著明天和年底的存糧……

用戶5463353142

濃郁的泥土的氣息。土地是泥沼，也是淨化劑，土地可以把一切腐朽的，腐敗的物質淨化成養料。思想和精神染病的人最好去親近土地，做幾年農夫，土地足以淨化一切腐朽和墮落。姑姑和姑父是最接地氣的人，也是最潔淨的人，通透，明亮，健康，快樂。因為土地是淨化劑。

守拙齋主

每次讀曹老師的詩都會讓我在沉思中久久不語，心裡有很多話要說，卻找不到恰當的語言來表達。突然看見了趕牛的姑父，猛然觸動了我，我也有過類似的感覺。眼淚欲湧。期待讀到更多的好詩。

用戶6444025596

拜讀曹先生的詩作，情真意切，質樸又富含哲理。一輩子和土地說話的大姑，沉默沒有人懂的姑父，他們的人生引人思考。喜歡「大姑代表了門前小河的桃花，姑父代表了村莊黝黑的泥土」。

婁鳳南

從老師的詩歌中看到了老師對親人深切的懷念，雖然不是華辭麗藻，但感情都融匯在語言中了，讀起來更有滋味。謝謝老師帶給我們的好作品。

Sanyijushi

生與死，昔日與現實，是生命，也是詩歌永恆的主題。在詩中我們看到，桃花和泥土，籃子和簸箕，鋤頭和鐵鍬，是大姑和姑父樸素辛勞的生活，墳上的野草和清明的吹打是生與死永恆的旋律；沒有甜棗，便種下酸棗，生命在辛苦的勞作、努力與理想中綿延展開。泥土中長成的生命，凝聚成帶著泥土氣息的詩歌，帶著泥土氣息的文字也格外感人。

不想做魯小姐的瀟湘子

曹師的詩，總給人以平地波瀾之感，又如嚼蔗，漸入佳境：在平淡質樸的語詞中時不時出現觸動心弦之語，著實讓人「一驚」。生死問題似乎是永恆的哲學命題。那一聲聲在風中跑調的清明嗩　：被人惦念的靈魂總好過渾渾噩噩的軀殼，就像屋簷下的一串串紅玉米，它靜靜掛著，卻也承載著美好的記憶。

山陽梁文棟

大姑、姑父的身上有多少個親人的影子呀。也許人年紀大了就會懷舊，戀故土。曹先生的文章或瀟灑或沉穩，筆法清新達意，多有磚頭、瓦塊、錦繡風光、接地氣的東西在其中，且寓意深長，令人回味，雅俗共賞，可敬可歎。

逍逍雨歇聽風吟

大姑和姑父的形象在詩人的筆下，一顆詩心包裹住這份親情，猶如紅櫻桃，滋味雋永，顏色殷紅。

魏　傑

我從小在農村長大，第一次看到這首詩，我的感受就很深。我的姑姑、大伯一輩子都在和土地打交道，他們的生活方式和老師少言樸實的大姑和沉默倔強的姑父相似。簡單平常的農村生活是兩個人的全部。子女、糧食、土地、耕牛、鋤頭、種子是他們平日交談的橋樑。他們一輩子踏踏實實，像腳下的黃土，他們從土地裡走來，也回到土地，成為土地的靈魂。

願得雁行

我把鼻子湊過去，聞一聞詩人的詩，是泥土的味道。我拿起來掂一掂，卻是歲月的重量。

書法基礎：精品開放課程

有人說，我的新詩比舊體詩寫得好，我不但不生氣，反而很高興。假如有人對您說，您的新詩比舊體詩寫得好，不知道您會不會「為之絕倒」？

林中現鹿亦微隱

生死的距離，從來都是那麼遙遠。樸素的愛，不必掛之於口，沉默的姑父，從未高唱他的眷戀，卻在勤懇勞作的耕牛，泛著水光的大眼。

一生的長度

我一生的長度
　就是一支筆的長度
一支筆的長度
　就是一首詩的長度
一首詩的長度
　就是一支蠟燭的長度
一支蠟燭的長度
　就是我一生感情的長度
一生感情的長度
　就是我一生淚水的長度

二〇一九年十一月二十日作
原載新浪《曹旭博客》

【博客留言】

黃冬麗

陪伴了一生。而一生又只是像一支筆，一根蠟燭那般，長的是苦難，短的是人生。

魏　傑

這首詩，讓我想起蘇軾看到《莊子》後的感歎「吾昔有見於中，口未能言。今見《莊子》，得吾心矣！」，這些句子讀之真「得吾心」。言口所未能言。

石會鵬

《一生的長度》運用了頂針修辭格，層層遞進，講述自己的一生是用筆創作的一生，創作的是什麼呢？是詩歌，詩歌有多長？詩歌的長度就是熬夜時候蠟燭的長度。蠟燭有多長？蠟燭的長度是「滿紙荒唐言，一把辛酸淚」的淚水長度。生命不息，筆耕不輟，這就是作者的一生。詩歌循環往復，正讀倒讀都可以，類似於古代的回文詩。

嘉榮

初讀未解深意，再讀稍有感慨。我們的生命長度重要嗎？也許吧，或許重要的是愛意包裹的一生。在《一生的長度》中我感知到了生命，言語簡練，飽含深意。

寫給孫女楊揚

（一）

你是一顆
天外來的
亮晶晶的流星

突然劃過漆黑的夜
化作紅寶石
投向親愛的母親

你怎麼成了小禾苗
我分明聽見你
天天吸允拔節的聲音

注視你烏黑的眼睛
　無法與你對話
　也猜不透你的表情
只知道你是
　天氣預報
　能變幻爸爸媽媽臉上的陰晴
你的笑容和哭泣
　擾動著他們
　不眠的神經

（二）

媽媽用她的一生
　換來你
　每一天的成長

爸爸必須在你的休息裡
　找到他
　自己的休息

你天使般地清純
　小獸般地頑皮
　和風般地自然

睡在搖籃裡
　你嫩嫩的小翅膀
　向著藍天悄悄地伸展

（三）

不會翻身的你
　現在會爬

　會站立了
在沙發的邊緣
　你向直立
　猿人的方向發展
當你第一次站起來
　搖搖晃晃
　你的雙手成了雙槳
你每挪動
　一次腳步
　就是挪動一座山
媽媽故意笑著躲開
　你突然匍匐在地

爬著追趕

你生命的水
像樹的年輪
一圈圈向外漫延

我用詩歌
深入到你的笑靨

傾聽你生命內部
洶湧的洪水在翻卷

（四）

爺爺偶爾抱起你
你像小鳥一樣
瑟瑟發抖

你恐懼地拼命
扇動翅膀
但飛不起來

你眼睛裡的光芒
來自渺不可憶的
夜的前緣

你高興時
咯咯地笑
像花開的波瀾

我注視你的微笑
想像著
春天還有多遠

當霞光像一匹瀑布
　鳥兒歡樂地歌唱
　你長成天鵝般的女孩

此刻　你坐在花的窗前
　安靜地攤開書
　讀爺爺寫給你的詩篇

二〇一四年十二月二十八日作
二〇二一年十二月十六日修改
原載新浪《曹旭博客》

【曹升之附記】

孫女曹令媛，乳名楊揚。

乳名是我的母親，楊揚的曾祖母（太婆）起的；起名時她說，要把孩子姓的一半，讓孩子的媽媽分享。

楊揚開始成長，但九十二歲的太婆，卻離開了我們——因為她要在春天到來之前，把她在這個世界上的位置，讓給後來的人。生命的告別和降生，只在一片落葉墜地之間。

春節那天，我和小楊揚在花園裡種了一棵樹，紀念太婆。

我說，給這棵樹起一個什麼名字呢？楊揚說：就叫「感恩樹」吧！

楊揚讀小學了。她的第一篇作文，就寫——《感恩樹》。

【博客留言】

魏傑

一個小生命的到來，像一顆流星穿越時空和茫茫，變成紅寶石來到父母的身邊，從匍匐在地到搖搖晃晃地蹣跚，從小小的雛鳥再到天鵝般的女孩子，詩人用詩歌的眼睛記錄著小楊揚的成長，一個活潑可愛的小姑娘在詩歌裡如一朵小花快樂地肆意生長。

最讓我動容的是附記，小楊揚在花園裡種了一棵感恩樹紀念離開的太婆，突然被一種時間和生命的力量所觸動。我想起今年寒假剛剛去世的爺爺，不禁淚下，也常常因想念而陷入時間的悲哀中，後來我想到何來對抗時間，唯有愛和文字。

葉當前

孫子是爺爺奶奶手心裡的寶。攻博時的曹迪民是我們的偶像，上班後小孫孫是我們的小明星。老師對晚輩的慈祥，就是微笑著看楊賽兒子、譚燚兒子在老師家沙發上的蹦蹦跳跳。

博士全亮

現在已經是晚婚晚育的時代，四世同堂堪稱傳奇了。

博士黃冬麗

最喜歡（四），老少樂，形象生動，很傳神，畫面感強，像親眼所見，又充滿詩意「你眼裡的光芒，來自渺不可憶的夜的前緣」，血親的前緣，充滿詩意和幻想。

韓永燕

楊揚的成長在詩人的筆下生動而美好！最樸實無華的文字卻蘊含著最溫暖而感人至深的親情。楊揚和爺爺為紀念太婆種下的感恩樹，不止長在小花園裡，長在櫻花爛漫的春天裡，也長在我們溫暖跳動著的心裡。

付裕

小孩子的出生都是珍貴而神秘的，所以把她比作天外來的流星，亮晶晶地劃過漆黑的夜，發出第一聲響亮的啼哭，墜落到母親的懷裡，就變成了要珍藏一輩子的紅寶石，細心呵護，耐心撫養。詩的開頭這樣寫，讓人感到生命的到來是如此突然，又如此珍貴不可替代。附記中的文字尤為感人，太婆的離開，是把她在這個世界的位置讓給後來的人，這是生命接力棒傳遞的表現，也是人類得以生生不息，繁衍萬世的緣由，太婆讓位的偉大，令人感動，那棵在花園中種下的樹，會見證這份偉大，亦會記錄楊揚的成長，那是一棵「感恩樹」！

用戶 5993317586

這首詩如涓涓細流，又溫潤如玉，溫暖著每個愛和被愛者的靈魂。

風之翼

孩子來到世間，從懵懵懂懂的小動物到越來越有人樣子，他邁出的每一步對於父母來說，意義都要比阿姆斯壯登上月球都要大呢。

含　章

「你生命的漣漪／像樹的年輪／一圈圈向外漫延／當夜色寂靜／我聽你均勻的呼吸／有驚濤駭浪的聲音」，生命初始，柔嫩卻澎湃，願每一個小生命的到來都像這樣被祝福、呵護、成長。

嘉　榮

言語中濃濃的愛，是搖曳著燭光的溫暖，溫柔卻有力量，孩子的成長是愛的澆灌。

放醋放醋不要薑

拜讀曹旭老師的新詩《寫給孫女楊揚》，觸動於其中的祖孫之情，因而想起自己的祖母。

第四輯

青春花飛

無寐是一艘小船

無寐是一艘小船
正沿著夜的邊緣出發
升起我寂寞的帆
在你清純清純的夢裡
啊　假如你的臉上
突然有一陣濕潤
請你不要抹去
我要用我的淚

編織三月的小雨

一九九三年四月作

原載新浪《曹旭博客》

【博客留言】

壯氣吹鵬

無寐，在茫茫的夜裡本只是人醒著的狀態。但夜茫茫，人卻不茫茫，無寐是有方向的。因此，無寐具有了船的某種屬性。於是它出發了，但它要去哪裡呢？還是問問它是怎麼來的吧！

風絮飄殘

美哉！我擬解《無寐是一艘小船》詩，不知可切君意？

夜來孤枕好夢難，冷雨敲窗，殘燈明滅，可知君安健？正思量，夢裡雙頰濕，卻是檀郎低語聲：儂今灑淚三月雨，慰卿花底離愁無？

新浪網友

偶頂。紫麼好的詩，現場學一嚇。阿美女，你是花朵。偶要用淚編一個花籃，盛住你。只要，儂還喜歡偶的濕。

卷起臉邊的殘雲

卷起臉邊的殘雲
我們互相讀

對方的眼睛

透過柳絲的漂蕩
你的眼睛是

樹間一輪悲傷的月亮

既然相識是一座
絕望的城

我要為你打開城門
把對我的凝視還給你
從此不再閱讀
別的瞳仁

一九九三年五月二日作
原載新浪《曹旭博客》

【博客留言】

壯氣吹鵬

臉對著臉，眼對著眼，這樣開始了我們心靈的記錄。——記得泰戈爾的詩裡似乎有這一句。不過這裡融入了「曾經滄海難為水」的意思。

lbrave8540

短詩是中國詩歌的精華，好詩總是讓讀者陷落在詩人的「通感」中，思接千里。這兩首短詩讀來讓我陷入學生宿舍年代，提筆寫詩，浮想聯翩。那一次，經過初選，終於走上東部禮堂（現名「音樂廳」）舞臺表演詩朗誦（自己寫的），由於緊張，有一句還念錯了。

另外，初讀這首短詩，讓我想起自己年少時的一首練筆《苦思》，首句：「苦思是一條綠渠」。

無憂亦無懼W

我達達的馬蹄是個美麗的錯誤。

沉默

你的沉默是一堵牆
我在你面前繞來繞去
找不到穿越的門

明明你怦怦的心
已經快要蹦出來
但你沉默著

明明你顫慄的身體
已經像小鹿一樣不停地抖動
但你沉默著

明明你的嘴唇
已經像紅番茄一樣多汁
但你緊閉著

明明我的眼睛裡
全是狼受傷的光芒
但我沉默地憋屈著

最艱難的沉默
是火山噴發前
片刻的決心

我鱷魚般地沖上去
咬住你的沉默
你便唱出快樂的呻吟

一九七三年九月作
二〇一四年六月十四日修改
原載新浪《曹旭博客》
發表於《新民晚報・夜光杯》二〇二一年十二月九日
收入楊志學主編《中國年度優秀詩歌》二〇二一卷，
新華出版社二〇二二年三月版

【博客留言】

趙厚均

「李卓吾說：「夫童心者，真心也，……絕假純真，最初一念之本心也。」「天下之至文，未有不出於童心焉者也。」」升之先生《沉默》一詩，出於童心，絕假純真。抒寫少男少女情懷，風華綺麗，令人魂醉，真至文也！

彭雪琴

此詩熱情的火，終於推倒你沉默的牆，讓你和我一起把愛情的小紅爐燃燒成一座活火山。

阮曉文

詩充滿了一種魔力，蘊藏在語言裡的力量，直教人印象深刻，見之忘俗。「你的沉默是一堵牆，我在你面前繞來繞去」「我鱷魚般地沖上去，咬住你的沉默，你便發出快樂的歌聲」「為了見到你，我必須夸父追日」「朝霞般神聖的暈，莊嚴地在我們心裡湧起」等句子，像鱷魚般爬滿了我內心乾涸的灘塗。

宋佳俊

最平常的語言，展現了一對戀人鬧彆扭時的真實情態，將戀人爭吵時表情、心理刻畫的極其到位。

丁玎

《沉默》是情感、欲望初次確定的時刻，完成一個時刻需要的動作。因此這首詩在鋪陳了神態、心理和男女之間的等待之後，才以動作收尾。拋出的句子恰好也宛如動作爆發的一瞬間。

喜歡千千的紅豆派 vv

浪漫應該短暫，愛情也該熱烈。少不更事時，我們期待轟轟烈烈的愛情，隨著時光推移，我們認為平平淡淡才是真。而這樣熱烈的愛情正是我們逝去的青春啊。

風雪山松

看到這樣「青澀」而又「熾熱」的愛情詩，若沒有一片赤誠之心和青年情懷，又焉能將這些瞬間寫得如此「時髦」而「繾綣」？讀這樣的詩，我想不妨暫時放下它寄寓的其他義涵，想詩中之所想，體驗詩中之體驗，跟隨作者，放飛我們久縛籠中、已近乎頑石的種種瞬間。

稚始稚終 Dt

作為過了三十的人，已經明白愛情可遇不可求，過分稀少，太珍貴。理性佔據上風，也不做過多期望了。它永遠值得讚頌和追求，因其稀少和珍貴。

可能只有詩人之心，才能永遠對它葆有最初的熱情，懷著無限的讚美，永遠像未曾受過傷、也不怕受傷那樣，少年意氣，懷著熾熱飽滿的愛情。因為我做不到，所以，這些詩格外迷人。

張秦銘

這首詩率直可愛，通過對行動前短暫沉默的鋪展描寫，像拉弓弦一樣將情欲的張力一寸寸拉了到極致。

約會

我們的約會
進行得燦爛輝煌
為了見到你
　我必須夸父逐日
　丟掉手杖
　追趕太陽
奔跑在
　沒有飛鳥
　沒有綠色
　沒有生命

佛洛德也無法穿越的
　大荒之上

我們的約會
　悄悄地進行

不是怕人看
是擔心嚇倒別人

我們是兩輛
　加足了煤炭
加滿了水的

老式的噴氣火車頭

在同一條軌道上

風馳電掣地沖向對方

見面的時候
轟隆一聲巨響
　你中的我
我中的你

我們互相穿越了對方

一九七三年十月作
二〇一四年六月五日修改
原載新浪《曹旭博客》
發表於《新民晚報·夜光杯》二〇二一年十二月五日

【博客留言】

蕭華榮

《約會》中我只感到初雪般暈眩的柔情，原來〝魯莽〞不過是你對語言的整容！

現代的面皮包藏著古典的心，魯莽中我讀出靜女的溫存。雖從心所欲，卻不逾矩，荒唐，也並未超出鄭衛之音。杜老詩云：十年拋盡清宵淚，贏得荒唐本事詩。

宋心昌

《約會》中「在同一條軌道上，風馳電掣地沖向前方，見面的時候，轟隆一聲巨響，你中的我，我中的你，我們互相穿越了對方」，寫得好！與元管道升《我儂詞》：「情多處，熱如火。把一塊泥，撚一個你，塑一個我。將咱兩個，一齊打破，用水調和。再撚一個你，再塑一個我。我泥中有你，你泥中有我」，有異曲同工之妙。

孫力平

《約會》突出了愛情的美妙，不僅燦爛輝煌，而且激情四射。愛情予人無比的勇氣和力量，可以毫無顧忌，可以穿越一切，直至互相融化，合二為一。沒有生命的荒漠，似乎暗示了某種特殊的環境，使詩人表現的愛情顯得尤為可貴。

歸　青

抒寫愛情的詩歌何其多，可是像曹老師這樣的愛情表述，可以說，在新詩史裡也是獨樹一幟的。從細節入手，想像驚人。每一篇都是佳作。特別喜歡老火車的意象，即可感受到愛情的轟轟烈烈，不計一切。

徐　豔

誰說只有機翼在藍天劃過，才能留下青春的痕跡？看老式火車頭，添足了煤炭，咆哮在荒野山林，一路搖滾，生生不息。

肖一馨

我太喜歡第二首《約會》，節奏，情感，並駕齊驅，一往無前的，玉石俱焚的，赤誠瘋狂如少年處子的痛快淋漓。

彭雪琴

《約會》荒漠之上，兩輛老式火車頭，互相碰撞、互相穿越。唔，其實，那就是你和我！聽，那突突突的噴氣，不就是我們朝天的誓言？

宋佳俊

或許，相愛就像詩中所說的，是兩輛火車的相撞，明知是毀滅，也要風馳電掣地撞上去。即使是毀滅，也是轟轟烈烈的。既為這份轟轟烈烈而感動，又為「那輛老式火車最後的那聲巨響」而感傷。

呂亞寧

喜歡這一句：我們像兩輛／添足了煤炭的／老式噴氣的火車頭　感覺又古典又勇敢。就像多多島上的湯瑪斯，一直在單純認真地生活。

寒流自清泚

雙向的奔赴，冷調色彩中的熾熱的愛。

用戶q481h1mncm

讀這些愛情詩，仿佛有一種過電的感覺，既有穿透靈魂的震顫，又有撼人心魄的沉醉。

柯鎮昌博客

詩人總是以濃熾的感情為基調，以細膩的傾訴為手法，胸中萬頃波濤，筆下涓涓細流，如此噴瀉不盡，餘味無窮！

暈

當暈到來時
　誰都無法阻擋

我只能用
　發燙的臉龐緊貼她
　用冰涼的髮絲磨蹭她
　用酒杯敲響她

或者
　用月光漂白她
　用思念安慰她
　用慢鏡頭抓拍她

任朝霞般紅紅的暈

神聖地在我們心裡升起
太陽在東面暈
　月亮在西面暈
東倒西歪地
　暈到無語

一九七四年十月作
二〇一四年七月十日修改
發表于《曹旭博客》
收入楊志學主編《中國年度優秀詩歌》二〇二一卷，新華出版社二〇二二年三月版

【博客留言】

孫力平

《暈》是一首很精緻的愛情詩。詩人巧妙地以一個「暈」字鋪展開來，從指稱到陳述，從靜態到動態，把熱戀中人們的心理和行為呈現得淋漓盡致。而用「神聖」描述這種因為愛而暈頭轉向的感覺，是對人性和愛情的熱情謳歌和高度肯定。

Zhangxiguiz

愛情是什麼模樣？詩人給出的答案是「魯莽」，是不要講什麼理智的橫衝直撞，是火山的噴湧、是奮力推倒的牆、是誇父在追趕著太陽、是火車頭在同一條軌道上的風馳電掣、是愛情到來時誰都無法阻擋的「暈」。

彭雪琴

《暈》用發燙的臉龐，用冰涼的髮絲，用酒杯的聲音，用月光的顏色，用思念，用慢鏡頭……暈，這種感覺，何其榮幸，讓曹老師開動如此多的感官去理解它。

肖一馨

最喜歡「太陽在東面暈／月亮在西面暈／東倒西歪地／暈到無語」，十足的孩子氣。

用戶6912153950

如豁亮的電流，將一個沉睡的我擊醒；如一味沉香的酒，讓時光又緋紅了起來……

燕泠123

讀完這組詩，就像給心靈蒸了桑拿，酣暢淋漓！愛情本就是最原始的、最熱烈的情感，愛情來了，像火山一樣噴湧，像添足煤炭的噴氣火車頭一樣嘶吼，橫衝直撞，義無反顧。在「熱情」被現實的風沙冷卻磨平的當下，在「愛情」被附加了太多束縛與條框的當下，這「魯莽的愛情」，帶著野性的浪漫，讓愛情回歸了本真。

花田小兔

這組愛情詩將欲說還休與熾熱奔放「暈」到了一起，有一種直達內心而又纏綿入骨的力量。鼓掌。鼓掌。鼓掌。

商丘王

愛情的詩歌千百年來無數人投入吟誦，沒有大才和深情很難翻出心意和獨到的感受。《暈》一首詩，「用發燙的臉龐緊貼她，用冰涼的髮絲磨蹭她，用酒杯敲響她，用月光漂白她，用思念安慰她，用慢鏡頭抓拍她」給人的感受是那麼貼切，但又感覺是平時日常中真切的撲捉和敏銳心思的交織！

初雪

飄向我們的雪
　全部落在
唇邊
　化成冰吻

既然來不及
　冰凍三尺
就讓冷快速地
　赤裸在那裡
冷是刺痛鼻子的風景
　無端的春天
讓初雪流淚
　做回了水

　一九七五年十二月作
二〇一四年五月二十二日修改
原載新浪《曹旭博客》

【博客留言】

儷 成

愛情的魯莽展現於表面沉默背後的洶湧激蕩，互相奔赴時的不顧一切，終成眷屬後的如癡如醉，最後化作感動天地、融化冰雪的力量。看似魯莽，卻擁有最原初的生命力。

朱立新

愛情是刻骨銘心的，無論經過多少歲月的磨蝕，回想起來總還是奪人心魄、攝人夢魂的。愛情有羞澀的沉默，也有野性的激情，有沉醉不知歸路的眩暈，也有猝然乍寒還暖的初雪。這些愛情詩，跳動著奇瑰的意象，流瀉著生命的激情。有旺盛的活力在，詩句就會噴湧而出！

歸 青

《沉默》：角度獨特，寫出了愛情的苦惱和狂喜。《約會》：由誰會用老式火車頭的相撞來寫愛情呢？卻非常真切地展現了愛情的驚天動地。《暈》：直接寫感覺的效果，與眾不同的寫法。《初雪》：韻味悠長，有空曠的感覺。

葉當前

用物象寫愛情，城牆與城門、老式火車頭、初雪與水、日月的光暈恰如其分地擬寫愛情的相守與摯愛的渾融、初戀的濃烈與約會的嬌暈，發乎情，止乎禮義。是當代愛情詩經。

邵　曼

這組詩，前三首讀得我臉紅心跳。《初雪》是不是惹女孩子哭了？

丁　玎

《初雪》中對情感的描摹和體會則已經出離了迷狂。組詩由欲望而始，終結於冷靜的、深厚的情緒。詩歌描摹人類情感與思想的表像，也完成了情感從萌發到成熟的過程。

用戶 7660693739

讀這些詩，如流覽一幀幀流動的膠片，每節詩串聯起來，能形成完整的故事，影像感極強。

你是善變的動詞

你是善變的
　不規則動詞
朝三暮四
我既不瞭解你
　為什麼跟著你
一輩子做你的賓語
在淌不過的
　男人河和女人河
生活成了痛苦的病句

今夜黑暗掐住我
　我的尖叫
是一把鑰匙

一九九四年九月十日於日本京都
原載新浪《曹旭博客》
發表於《詩刊》二〇一四年七月號上半月刊

【博客留言】

青山如掃月如眉

最喜歡《你是善變的動詞》，或許是因為空間大了，可以藏更多的意味，所以，想像、感動就慢慢生出來、展開翅膀……

高智先生

浮生若夢，不如讀詩。穿越人生的浮華，詩最接近生命的本質，展現世間的美感。這就是詩歌的永恆魅力。詩人可以把現代詩寫得如此婉轉低回，又清麗淡雅，除了他對生命的深刻感知，對世間萬物深沉的愛，還有他的過人天賦吧。

澤陂荷風

黑暗掐住我／我的尖叫／是一把鑰匙贊。神來之筆。妙語。

歐風美雨中行走

祝賀大作發表在《詩刊》上！

鳥兒飛走了

我無奈地目送你
　飛走以後
天空灰白的紙
　被撕開一道長長的缺口
你飛走以後
　白雲和書卷都懶得翻動
你飛走以後
　我突然變得無所適從
你飛走以後

我一生不再有牽掛的事
過了很久很久
　夕陽才發呆地回過頭
用淡紅色的唇
　吻你失血的傷口

一九九五年六月作
二〇一四年十月十九日修改
原載新浪《曹旭博客》
發表於《新民晚报·夜光杯》二〇二三年二月二十三日

【博客留言】

楊遠義

《鳥兒飛走了》，作為寫作範文，在課堂上仔細分析了。

梅珈山人

這首詩不應該被評價，不應該被「字斟句酌」地「細讀」，不應該被朗讀。只需要把它抄寫在一張A4紙上，或者更大一點，慢慢地、緩緩地讓眼睛細細地注視過每一個字。然後，斜靠在椅背上，慢慢地想，慢慢地想，讓這種「慢慢地想」的感覺充滿自己……然後說：「真美！」

Ibrave8540

花開花謝，世事無常。詩人眼裡的自然界和自然法則，不同于常人。短詩《鳥兒飛走了》睹物思人，押ou韻，很適合吟誦，有清詞遺風。

雅丶舞雩

三首青春詩，不約而同的都是「你」不在，「我」在想你。心還在跳躍，我就在想你，就算你飛走了、不見了、無法見面了，我依然想你，體味著美麗的想你的味道。嚮往著太陽、光明，一寸相思一寸灰的頭頂還有明月的照耀。青春亦是如此，有痛苦的沉澱，在奔跑的路上到處是坑坑窪窪，抬頭看前方，光明在前面。青春詩是這種力量留下的深深的痕跡。

July-- 離離

如此細膩的文筆，一定來自一個多愁善感的靈魂。

雁　行

青春是無限的可能性。只要還存在「可能」，那青春便還在我們身邊。青春來了，又要走，我們都很忐忑，而在這樣的忐忑中，詩人創造了另一種不朽的青春。

宮商角徵羽

「你飛走之後，白雲和書卷都懶得翻動」，讀詩到此句，目光被攫住。一種若有所失的悵惘及由此而生髮出的淡淡慵懶之情之態得以描畫。

送行

老式的綠皮火車
「吭哧——吭哧」地開動了
每一次停頓的節奏
都攝下一個對視的窗口
在火車越來越急迫的歌唱裡
你明亮的眼睛
被曳成了一條
淚水的光帶
船鳴笛起航時
鬱悶的天下雨了

天捨不得你走

但是挽留不住

你朝船後的水面

　呆呆地看著

　只見圈圈的漣漪

滿河都是我送行的眼睛

一九九二年七月作

二〇一四年六月修改

原載新浪《曹旭博客》

收入楊志學主編《中国年度優秀诗歌》二〇二二卷，

新華出版社二〇二三年三月版

【博客留言】

守拙齋主

特別贊佩詩人的獨特的感覺和與眾不同的想像。「眼睛被曳成一條淚水的光帶」，無法複製的獨特，有點印象派的感覺了。

陳　挺

喜歡詩作中「滿河都是我送行的眼睛」，寫出雨中告別和送行別樣的情趣。

韓倚雲

仰慕曹老師的才氣，回上海了嗎？

吹劍首

／滿河都是我送行的眼睛／喜歡這句！

弄羅煙

曹老師在蓋一座城堡，學術是地基，散文是城牆，新詩是纏繞城堡的爬山虎……

田田的園園姑娘

流動的風景，美妙的意境，雖然有淡淡的離情，但是詩中畫面讓人神往！

楊東建的博客

最喜歡那句「滿河都是我送行的眼睛」，飽含的顧懷眷戀之情與徐志摩的那句深沉的「沙揚娜拉」有異曲同工之妙。

詩無邪 2018

喜歡《送行》。抓住細節（玻璃窗、眼睛），強烈的對比色彩（火車歌唱的樂景與淚光的哀情），聲畫結合，由此讀起來宛如一幅電影畫面。尤其結尾，「被曳成了一條淚水的光帶」，極具鏡頭感，就像是單反拍攝裡，用慢速快門拍出的車流軌跡，美麗又迷幻。像光帶一樣悠長的，不僅是「客」的淚水，還有「主」的別緒，感情綿延，回味無窮。

July-- 離離

圈圈漣漪如同送行的眼睛，多麼具體形象啊，同時又飽含主體的深切情感。不是河流不舍送我，而是我不舍此情此景啊。

壯氣吹鵬

「每一次有節奏的停頓／都攝下一個對視的窗口」。從啟動到快速移動的火車成了照相機，有節奏地拍下了一個個瞬間，成為永恆。當然，照相機拍照，是永遠少不了人的眼睛的。而眼睛才是心靈的窗戶。

顧北于南

在列車「當 當」的聲音裡，我將自己送去了遠方。

Ibrave8540

「綠皮火車」這個意象，可以讓人聯想到余光中詩裡的「舊船票」。

白玉蘭和紫玉蘭

一個要往白裡開
一個要往紫裡開
非要白到極致
　紫到極致
開成生命裡
　絕不反悔的顏色
開成相思病
　也沒有人負責

朝開暮落
是你們自己的選擇
但寒風中的孤單
需要面對面地綻開
而白與紫不是色彩
是兩個生命燃燒的姿態
白色和紫色的花朵
都是逆行的燈盞
對著白玉蘭紫玉蘭
我寫啊寫啊
很怕把它們寫成
一個男人和一個女人的故事

天天見面

不能公開牽手

在路的一隅

開成脈脈的對視

一陣風雨

一寸相思

一寸灰

男人是一種樹

女人是另一種樹

二〇一四年四月二十四日作

原載新浪《曹旭博客》

發表於北京《青年文学》二〇一五年第八期

【博客留言】

林 祁

我們懷念8〇年代之一，即舒婷以「致橡樹」的「崛起」，為現代詩如何書寫愛情樹立了一個崇高的標準，這種標準隨著中學教科書進入普世教育，也成為當代不再朦朧的詩歌美學。那麼，有沒有一種新的可能，新的視角，可開拓愛情這一永恆」的主題呢？

曹旭的《白玉蘭和紫玉蘭》似乎在做這一嘗試。「一個要往白裡開／一個要往紫裡開」，開就開唄，你開你的，我開我的，自由自在地抒情，可偏偏「非要白到極致／紫到極致」，相思終成一寸灰。愛情詩的歷史不就是這樣走過來的麼。似乎從曹旭流暢的詩語已讀不到舒婷的樂觀，但「美麗的憂傷」依舊可尋。於是，他在詩中儼然警告讀者別「誤讀」：對著白玉蘭紫玉蘭／我寫啊寫啊／很怕把它們寫成／一個男人和一個女人的故事，因為「男人是一種樹／女人是另一種樹」。

不同于舒婷的如果我愛你，要以「樹」的形象和你站在一起，是同一類樹的對話，即便樹種不同。而曹旭直面的愛情現狀卻是「天天見面／不能公開牽手」，寫隱情嗎？似乎俗了。這首詩更內嵌的生命視角，在詩本身的情緒遞進中被安排得自然而巧妙。那麼，到底寫什麼呢？曹旭是研究古典文學的，諳熟「詩言志」，但寫新詩偏不言，甚至沉默無言，甚至連對話本身也已流逝。「在路的一隅/開成脈脈的對視」。顯然這是一種情殤。但這種「傷逝」始自魯迅早已成為中國現代文學的主題之一，當代詩人創新的可能性何在？所以，曹旭很怕把它們寫成一個男人和一個女人的故事。

說很怕，其實還是一首愛情詩，只是不僅僅是愛情，或者說不僅僅是一種愛情。愛情可以是白玉蘭和紫玉蘭，詩歌更可以是——創造力向你呈現的那一朵一朵的大花。當你感受到這種美的時候，美就在你面前張開了。

你真覺得沒白來人世間一趟。

劍公子

總感覺，詩人紀念白玉蘭的同時，還在紀念某個模糊的人，至少一那間喚起了我對某一個人的懷念。或者，在詩人眼裡，所有美好的東西都如是情人。

一尾魚

依舊解讀成一個男人和一個女人的故事了，卻仿佛是無關乎愛情的糾葛，各自開放到極致，站成了心意相通的對望。

詩苑遺香

每闋最後一句至佳。

清哥 1314

喜歡玉蘭花 更喜歡你筆下的那朵玉蘭花。

雅丶舞雩

一個往白裡開／一個往紫裡開／非要白到極致紫到極致／開成生命裡／絕不反悔的顏色／最喜歡這幾句。

紅泥小火爐

玉蘭那首／我寫啊寫啊／很怕把它們寫成／一個男人和一個女人的故事／最喜歡的是這句，是不是有些奇怪。

軒窗臨水開

「一個往白裡開，一個往紫裡開」，一句就道盡了這決絕姿態。

弄羅煙

這些詩歌，因為真，所以美。跟老師學習了快三年的時間，才逐漸琢磨出生活的真意就在詩意地棲息在大地上。

在即將踏出校門的時候，我希望我成為《白玉蘭和紫玉蘭》，開出生命的極致。

我們隨月光入海

你在時
　你就是一切
你不在時
　一切皆是你
月光坦誠地向大地表白
　然後沉默在樹影裡
長夜像指間的　一支煙
　燃到了盡頭
悲傷沒有一點秩序
　亂哄哄地湧上來

無法表達誓言
也無法說愛
我們是兩艘擱淺的船
今夜隨月光入海

一九九六年六月作
二〇一四年五月修改
原載新浪《曹旭博客》

【博客留言】

嘉　榮

「悲傷沒有一點秩序／亂哄哄地／湧上來」好像每個夜晚真實的我。悲傷他是沒有預謀，突如其來的，他彷佛在說，我就要來擾亂你的心緒，就要來撥亂你的心弦，世人都在期待，期待與他握手言和。

李耀威

詩作看似即景抒情、隨口而出，實際上是多年積累的瞬間爆發。我最喜歡「悲傷沒有一點秩序」這一句，第一次讀到時我都驚呆了，真的寫出了人在悲痛時的內心淩亂、手足無措。我相信沒有漫長的精神追索、只對著白紙「苦吟」，一定寫不出這樣直擊靈魂的語句。

傅蓉蓉

老師的文字，像一顆酸酸甜甜的話梅糖。酸，是因為這些詞語如精靈一樣，扇動溫柔的風，拂過心底最溫柔的地方，讓想像開出花來。甜，是因為我們懷念並熱愛著詩中那個永遠不會老去的少年，連同我們自己從未遺忘的青春：那些晨曦，那些月光，那些沁入骨縫的暖，還有不敢高聲語的羞澀。在塵世裡，讀到這樣的文字是幸福的，因為我們被療愈了。

史曉婷

在四周海水般的月光下，我們是兩座孤島。隔著夜的曖昧，無法表達誓言。

這組意象寫得美且悠長，本有「盈盈一水間，脈脈不得語」的意境，海水般的月光又是那麼深邃幽遠，孤島又是一種具有現代性特質的象徵，似乎在暗示人與人的阻隔不僅出於外界的力量，更有個體內心的壁壘，在古老的意境中化生出新鮮的情感體驗。

曾　琪

《我們隨月光入海》，讓我想到了「共眠一舸聽秋雨，小簟輕衾各自寒」。有一種遺憾，還有一種釋然

魏　傑

首首皆有戳吾心處，然尤其愛《我們隨月光入海》，「月光坦誠地向大地表白／然後沉默在樹影裡」，月光古來今時總多情，樹影也似乎有了生命，又「在四周海水般的月色下／我們是兩座孤島」，相愛才能在月光

的海水中彼此守護。讀到悲傷沒有秩序的湧上來，「用眼淚突圍」，如果是「不必問誰為誰流淚，我們都在眼淚中突圍」意思可也好？

肖一馨

「長夜像指間的一支煙／燃到了盡頭」無端聯想到深夜裡的一個男人，陷坐在皮革沙發裡，搭在扶手的指間，垂下來一支欲言又止的煙。

石會鵬

《我們隨月光如海》反用英國玄學詩人約翰・多恩「沒有人是座孤島」的話，說相愛的兩人是兩座孤島，一方視另一方是一切，一切都是對方，表白後收到的是沉默，只好在長夜中抽煙。愛美無法表達誓言，也需這是一段孽緣？也許，不如歸去，做個閒人，趁著月色，乘桴入海是個不錯的選擇。

稚始稚終 Dt

詩心純淨，青春不老，永遠浪漫，永遠柔情滿懷地愛著這個世界。

博客思出版社的博客

無法述評，寫得真好…… 2021-11-10 09:58

五月花的盡頭

太陽爽約
雨聲滂沱
　在認識你以後

認識不是一種錯
但那些花　那些
開在我們季節裡的花

全都系錯了
一個紐扣

玉蘭潔白的花瓣
因風飄零四散

還是讓她開在
我的詩歌裡吧

假如五月花
已經到了盡頭

你用一生的多情
把我的好處遺忘
唯有昔日的風燈
仍掛在我走過的長廊

一九九五年六月作
二〇〇〇年十二月二十四日修改于日本京都光華寮二二五室
原載新浪《曹旭博客》

【博客留言】

王健健

讀《五月花的盡頭》時，想到了《氓》，《邊城》裡的翠翠，還有鄭愁予的《錯誤》，那係著格子衫的春天，何嘗不是乘著馬蹄噠噠而走的過客，五月花又何嘗看不到翠翠的影子，只不過相逢的歌，早已婉轉在時光的塵埃裡，相守的話也飄散在春天的色彩裡。

王乙珈

特別喜歡《五月花的盡頭》。雖說「開到荼靡花事了」，季節裡的花系錯了紐扣，看似散落天涯的無序，但開在詩歌裡的花，如同長在心中紫色的夢，永遠發散著青春的顏色，自開還自落，就算有秘密，也是春的私語。春天是一首詩，詩又何嘗不留住了整個春天。

呂亞寧

是風燈好還是風鈴好？似乎景非夜景，而鈴聲有默默此情誰訴之意。

肖一馨

「認識不是一種錯／但那些花／我是指／那些／開在我們季節裡的花／

全都系錯了／一個紐扣」明明不相干的，又分明地關聯上了；又分明地覺出了那種很淡很綿長的情思，大概就是無可奈何花落去吧

任倩倩

「你用一生的多情／把我的好處遺忘／唯有昔日的風燈／仍掛在朝我的走廊」令我想起一部電影——《梅子雞之味》，年輕時男主失去摯愛，數十年後複失去夢想，後來一心求死的他，終是沒有發現，最後的最後，所有愛他的人都在身邊。昔日的風燈，就像男主的小提琴，就像男主妻子做的梅子雞，只是，他不愛她，只愛梅子雞之味。

曾　琪

青春的遺憾，回想起來，如果人生沒有遺憾，才是遺憾吧。

石會鵬

《五月花的盡頭》用擬人手法，以「太陽爽約」開頭，在說五月沒有了四月的芳菲，也沒有人間的四月天，有的是離情別緒，有的是美麗的錯誤，有的是「用一日來相識，用一生來相忘」的淒美愛情。掛在廊簷的是風燈，營造在心頭的是風情。

綠袖子少年

老師的詩我越來越讀不懂了，我知道，那是因為——老師的詩，寫得越來越好了。在讀詩的時候，語言像音符，在眼前跳躍，而我，像一個努力聽話的聾人，頹然無力。

含章

我喜歡的歌是五月天，我喜歡的花開在五月，當然，我更喜歡另一種，開在記憶裡、詩歌裡的花，它永遠燦爛、斑爛……

火柴與火柴盒

——妻子組詩之一

我不會永遠
纏著你
磨蹭你

我只想用我
赤誠的頭
擦亮你一次

照亮一個
永恆的夜晚
就夠了

剩下的日子
我會乖乖地
躺在你

盒子的墳墓裡

一九九三年十一月作
二〇一四年十一月十一日修改
原載新浪《曹旭博客》
發表於《上海詩人》二〇二三年第一期

【博客留言】

拂曉

《火柴與火柴盒》，愛情是摩擦生火的那一　那，為了那電光石火的一剎那，情願把漫長的時光都收入盒子的墳墓。

博客思出版社的博客

照亮一個／永恆的夜晚／就夠了／精彩。

朱立新

一份深情溫潤如玉、繾綣纏綿，穿過半個世紀，依然歷久彌新，鮮豔如昨，青澀如初，讓人讚歎，令人欣羨！

guo 培培

歲月是一把美麗的刻刀，它刻下相思，鐫住叮嚀，鏤入包容，匯成真情的告白。心中有情，歲月也變得格外溫柔。漫漫歲月，何嘗不是綿綿深情。詩人的詩情歲月，令人感動。

青山如掃月如眉

人到中年，讀老師寫給師母的詩，感覺那綿長平淡的溫馨，是多麼難能可貴。讓我感觸最深的一點是，詩裡沒有年少的天真，沒有輕狂，有的是穩重成熟和淡如水的日常——這才是真實的愛情，最持久的愛情啊！

年輕人真應該把這幾首詩當做愛情教科書和婚姻教科書，認真體會領略。兩個人持久的感情和婚姻，就應該如此——「時時刻刻，聽她滴滴答答的聲音」。

用戶 7393302034

老師的詩，讓我們明白，真正的愛情不需要轟轟烈烈，而是交織在一點一滴的生活中，那一句「我會乖乖地躺在／你盒子的墳墓裡」，就是最浪漫的告白。

江狐從前叫小靈狐

《火柴與火柴盒》，寫一廂情願、不求其餘的愛。

也是菩薩

《妻子組詩》寫愛情，堪稱完備。

此時寫剎那和永恆，是朝聞道，夕死可矣，我們應歌頌愛情如同歌頌真理。

寒流自清泚

生活中平平常常的事物，老師總能夠賦予它們纏綿而濃烈的情感。貫穿其中，有思念與陪伴，有生活的摩擦，有包容。我也不知道自己理解的和老師表達的情感一不一樣，但是，毫無疑問的是，讀完這些詩讓我內心溫柔了起來。

樂莫樂兮新相知 97

人間有味是清歡，濃烈的愛戀期過後，便是柴米油鹽和衣食住行的口角與守候，溫馨！

用戶 2906395915

曹師是感性的文科生，師母是爽利的理科生。見過次曹師師母日常的小拌嘴，實在是有趣得緊，那種拌嘴拌到最後，越拌越可愛越可樂、拌到我們都笑個不停的狀態，實在是讓我和先生從新婚羨慕到了現在。可惜學不會。所以，看最後兩首詩，我是回憶著、笑著看完的。至於前三首的深情和詼諧，曹師更是從來不缺的。也許，這也正是文科生的可愛和可貴之處吧。嗯，趕緊轉給家裡的理科生看看。

弄羅煙

曹老師這日常秀恩愛，突然被狗糧撒了一臉。

我已經習慣了

——妻子的信

送你上飛機以後回家
房間空洞得
沒有我立足的地方

我不知道站在哪裡好
現在我已經習慣了

哪裡有忘憂草
我要栽在陽臺上
我的頭如蓬蒿

不想你比想你更老
現在我已經習慣了

在沒有你的
一個人的月夜
小徑上的我

只能和影子牽手散步
現在我已經習慣了

看一隻蜘蛛
在黑暗的角落
即使沒有蟲豸飛來

也要辛辛苦苦地織網
現在我已經習慣了

我不再歎息
我放下簾子
把前來打擾的

風雨和落花關在窗外
現在我已經習慣了

你是一隻籠鳥
一心想飛過大海
變成不歸的雲

缺少你的生活
我已經習慣了

一九九三年六月七日作
二〇一五年三月六日 星期五修改
原載新浪《曹旭博客》

【博客留言】

雅、舞雩

最喜歡最後一首，思君令人老，但是「不想你比想你更老」。讀曹師的青春詩，總是想到青春的悸動。隨著時光流逝，生活瑣屑充滿的當下，讀曹師的青春詩是種享受，瞬間回去美好的過去。

朱立新

青春的記憶和愛的纏綿是曹師詩中氤氳繚繞的主題，這些詩句是年輕而清麗的，彷佛是在執拗地拒絕著歲月的滄桑。這些詩句又是充滿才情的，其中不少警句足可回味良久：「開在我們季節裡的花／全都系錯了一個紐扣」，「你在時你就是一切／你不在時一切皆是你」，「房間空洞地大得／沒有我立足的地方」。

張喜貴

「我已經習慣了」，那就應當放下，放下牽掛、放下相思。但那無處安放的我，那首如飛蓬去尋找忘憂草，和影子牽手散步的孤獨，看蜘蛛結網的百無聊賴，哪裡是放下了呢？其實詩中已經說出自己心中最真實的話語，「不想你比想你更老」，此句堪稱是詩中的「秀句」。這令人想到古詩中的「思君令人老」呢，原來這些都是詩人的正話反說而已，沒有你的日子真的不習慣，這可能就是詩歌的魅力所在吧。

李耀威

此詩是真正經歷過的抒寫。特別是「把前來打擾的／風雨和落花關在窗外」一句，我最有感觸。世間紛擾總是不請自來，趕都趕不走；有時候，自己還要主動參與其中。您的詩句正是我最嚮往的自由精神境界。

稚始稚終 Dt

詩心純淨，青春不老，永遠浪漫，永遠柔情滿懷地愛著這個世界。

我可以慢慢地想你

——妻子組詩之二

在平靜如水
　沒有人打擾的夜裡
我可以慢慢地想你
我要翻開日記
　從我們認識的那一天開始
一寸一寸地想你
隔著一衣帶水
　無法見面的日子

相見不如想你
我要高舉紅蠟燭
　用流淚的光芒
想你

一九九三年一月作
原載新浪《曹旭博客》
收入楊志學主編《中國年度優秀詩歌》
二〇二〇卷，新華出版社二〇二一年三月版

【博客留言】

潤　掬

「想你」本來很普通，但前面加上「慢慢地」就突然不同了。在平靜如水／沒有人打擾的那種狀態，以及不慌不忙和無窮無盡的思念，都暗示出來。讓本來司空聽慣的話，突然變得新鮮。詩人有浪漫的情懷，又有深厚的古典文學素養，寫出來的現代詩別具韻味。這幾年我也開始喜歡讀現代詩了。

朱立新

一份深情溫潤如玉、繾綣纏綿，穿過半個世紀，依然歷久彌新，鮮豔如昨，青澀如初，讓人讚歎，令人欣羨！

江狐從前叫小靈狐

《我可以慢慢地想你》，寫在愛情中將眼前人慢慢編織成的心上人。

也是菩薩

那和永恆，我們歌頌愛情如同歌頌真理，朝聞道，夕死可矣。此詩寫對愛情的堅守，想你，如空谷蘭花一樣的幽獨而美麗。

宮萇婧昕

先生的詩寫得浪漫又有韻味，節奏很舒服，看的時候不自覺地想要吟誦，仿佛看見了字元與字元間躍動的連接，餘味悠長，果然，現代詩有現代詩的美。

Hello 子寒

喜歡《我可以慢慢地想你》，它讓我靜下心來，慢慢地，慢慢地想起逝去青春的絲絲細節，念著某些人，想著某些事，會心的微笑，似喜還悲。這種感覺，真好。

樂莫樂兮新相知 97

此詩具有青春的活力與感傷。

一輪月亮升起來

你從西北情歌王
　最高的顫音裡
皎潔地升起來
你從我仰望的
　脖頸上
溫柔地升起來
你乘世界熟睡的時候
　聖女一般地
靜穆地升起來

我的半邊臉
　被你映成玉的色彩
我的半個身體
　浸在你光明的液體裡
讓我側過身
　將身體的另一半
　和臉的另一半
朝著你的光芒

一九九三年十一月三日作
二〇一四年十一月十四日修改
原載新浪《曹旭博客》
發表於北京《青年文學》二〇一五年第八期

【博客留言】

十一

讀完這首小詩，彷彿置身於詩中靜謐而美好的夜晚，彷彿與月亮般的戀人依偎著。「讓我側過身／將身體的另一半／和臉的另一半／朝著你的光芒」詩人將愛情中的迷戀與深情悄悄融入而又呼之欲出，讓人不由得陷入想像，甚至想到自身曾經或者現在正在如此美好的感情裡沉淪著，極妙！

用戶5243107594

此詩既凝練又有創新，月亮的出場就非同一般新穎而獨特，從西北情歌王最高的顫音，從我仰起的脖頸上，悄悄的爬出來，而後一個擬人女賊一般膽怯地爬上來，突出了月光的特點輕盈、流逝且略有嬌羞，由此引發感慨願緊緊抓住美好的時光，享受青春。

麗川_M

心如朗月，皎潔、明媚。世間有多種情感，感情、人情、俗情……唯獨愛情，詩人才配擁有！

守拙齋主

我覺得新詩其實很難寫，甚至比舊詩還難。我讀過許多新詩，許多很有名的詩，可是很少能像曹老師的詩那樣打動我的。父親是一粒麥子，在春的田野裡成熟；白色和紫色玉蘭花內心的尊嚴，升起在天邊的月亮忐忑不安的心情，……我不相信這一切只是作者刻意使用的修辭，只能認為是詩人真切的體驗。

東京情人節短歌

（一）

墨水寫完的地方
　是「夢」字
夢做完的空白
　是寂寞
向無邊的遠方
　呼喚回聲——
用我的寂寞
　安慰
　你的寂寞

（二）

杏花開落的雨
　都收在
　詩的卷帙裡

長繩和深井
　彼此有
　汲過的會意

你的名字是
　李商隱的
　無題詩

揣在我
　遲歸的懷裡

一九九六年二月十四日作于日本東京涉谷，時客座東京大學文學部

原載新浪《曹旭博客》

發表於《詩刊》二〇〇七年七月一日出版，總第五二四期

【博客留言】

新浪網友

李白說「相思相見知何日？此時此夜難為情」；升之先生說「用我的寂寞／安慰／你的寂寞。」

梁啟超說「相思樹底說相思，思郎恨郎郎不知。」升之先生說「你的名字是／李商隱的無題詩／揣在我／遲歸的懷裡。」

感謝情人節，感謝李白、梁啟超及升之先生，是他們的詩歌讓我們更真切地感受了人世間最美好的情感。

梅之夢

很喜歡這兩首詩歌，有詩情畫意，收藏了。

新浪網友

信總有寫完的時候，夢總有結束的時候，但哪裡是寂寞的盡頭？

也許《長相思》說的對：思悠悠，恨悠悠，恨到歸時方始休。

君伊

「用我的寂寞／安慰／你的寂寞」真啊！

孫飛

我初中時代也寫現代詩，然今日觀，與先生較之，大慚。先生清麗雋永，字句間，超塵之感，實有夢幻般的境界，值得品味。

Ibrave8540

非關風月總關情，筆下常留吟誦聲。「教授詩歌」的特點之三。《東京情人節短歌》中出現的李商隱，便是明證。

無憂亦無懼W

偉大的人都是寂寞的，喜歡「用我的寂寞／安慰／你的寂寞」。

綠繡 Ix-

長繩和深井／都有汲過的會意。

想起京都的苔寺，想起李煜的「寂寞梧桐深院／鎖清秋。昨夜風如果吹不開露井桃，有過「會意」就好了。

針線與鐘錶

——妻子組詩之三

妻子永遠用她
最密的針線
在我的衣襟上
縫滿一輩子的叮嚀

我也把妻子放進牆上
我日常的鐘錶裡
時時刻刻聽她
滴答滴答的聲音

一九九六年六月十五日作
原載新浪《曹旭博客》
發表於《上海詩人》二〇二三年第一期

【博客留言】

徐志嘯

《針線與鐘錶》似乎特別令我共鳴——中老年夫妻關係的形象描述。妙在用針線縫衣襟，「縫滿一輩子的叮嚀」。中老年夫妻幾十年的歲月情感，于此畢現；妻子的感人形象，頓時躍然紙上。鐘錶的比喻也同樣，滴答滴答的提醒，乃是點點滴滴溫情澆在心頭。

江狐從前叫小靈狐

《針線與鐘錶》，寫兩位相愛的人如何向對方投擲愛意。

拂　曉

叮嚀和鐘錶的聲音，具有多重象徵含義，兩者都是聽覺，從短時間來看，叮嚀是一小段行為，而鐘錶聲沒有間斷，永遠不知疲倦地走著，但從人生的尺度上來看，叮嚀在生活中永久地持續，已經像鐘錶一樣存續了，兩者把時間和空間相互關聯，演繹潤物細無聲一般的浪漫，讓人感動。

青山如掃月如眉

年輕人真應該把這幾首詩當作愛情教科書和婚姻教科書，認真體會領略。兩個人持久的感情和婚姻，就應該如此——「時時刻刻，聽她滴滴答答的聲音」。

林中現鹿亦微隱

「臨行密密縫，意恐遲遲歸。」是孟郊《遊子吟》中唱出的，對母愛的讚歌。

此詩的「針線」，卻表現了別樣的情懷，針線不止是慈母對孩子的關愛，也可以是夫妻之間情感的交匯。在妻子的一針一線之間，滲進了自己對丈夫的掛念，細密的針腳，整齊的走線，是溫柔叮嚀與關切的細語。

而丈夫也將妻子掛在心間，時時刻刻聽妻子鐘錶一樣的提醒。

丈夫的漏洞

——妻子組詩之四

我一再向妻子
　展示了我
一輩子的漏洞
並且說明
　假如沒有漏洞
人生就不會如此完美

假如沒有漏洞
　各種各樣的漏洞
會比現在更多
我的漏洞
　像八歲孩子的嘴巴
一笑滿嘴缺牙
但妻子不理會我的話
　她知道我的漏洞
是一場恭維的把戲

我是以自己的漏洞
來讚美她的
完整與美麗

一九九四年六月作於京都大學國際交流會館二〇九室
原載新浪《曹旭博客》

【博客留言】

江狐從前叫小靈狐

《丈夫的漏洞》，寫了相處中雙方心照不宣的默契。

喜歡千千的紅豆派 vv

喜歡《丈夫的漏洞》這首詩，婚姻裡的妥協和付出並不代表委曲求全，而正是愛對方的表現。每個人生來都不是完美的，而有人因為你真實自然而喜歡你。詩人所說的漏洞恰恰就是個性自然的表現，這樣平淡相守的婚姻讓人羨慕不已。

樂莫樂兮新相知 97

人間有味是清歡，濃烈的愛戀期過後，便是柴米油鹽和衣食住行的口角與守候，溫馨！

也是菩薩

此詩寫了夫婦之道，在於同志而為己助，水至清則無魚，人至聖則無友，漏洞正可以給對方查漏補闕，而為己助的機會。

你朝我開了幾槍

——妻子組詩之五

你對我發脾氣
　像突然朝我
開了幾槍
我被你擊中
　倒在地上
但沒有受傷
我不覺得疼痛
　只覺得冤枉

我感受到
　你直爽的子彈
　在我的身體裡
因找不到靶子和目標
　四處亂闖

二〇〇六年五月三十日作

原載新浪《曹旭博客》

收入楊志學主編《中國年度優秀詩歌》二〇二〇卷，新華出版社二〇二一年三月版

【博客留言】

雁行

《你朝我開了幾槍》用特別的方式和語言，重現真實夫妻生活的點滴，這樣的新詩連著土地，連著人心。

拂曉

喜歡「直爽的子彈，在的我身體裡，因找不到靶子而四處亂闖」。被愛人無理指責了，那種感覺不是疼痛或者冤枉，而是愛人的意念和自己發生了深入的交流，強烈而耿直的意念，因為愛而得到包容……

江狐從前叫小靈狐

此寫默契中的不再追問的共同生長。由愛意而至愛情，由愛情而至相愛；由相愛而至相處，由相處而至密不可分。起初的浪漫溢於言表，最後的浪漫緘默無聲。情感總是在真誠中凝作平淡，又用平淡之語宣告著刻骨銘心。

佛伶

這五首詩，告訴我們怎麼提煉生活中的有益元素，陪伴，給予，呵護，謙讓，寬容。

用戶 2906395915

曹師是感性的文科生，師母是爽利的理科生。見過曹師師母日常的小拌嘴，實在是有趣得緊，那種拌嘴拌到最後，越拌越可愛越可樂、拌到我們都笑個不停的狀態，實在是讓我和先生從新婚羨慕到了現在。可惜學不會。所以，看最後兩首詩，我是回憶著、笑著看完的。至於前三首的深情和詼諧，曹師更是從來不缺的。也許，這也正是文科生的可愛和可貴之處吧。嗯，趕緊轉給家裡的理科生看看。

也是菩薩

此詩寫矛盾，人如刺蝟，哪有不傷害人的時候，只是傷人何嘗不是出於關心，期於求備。當明白一切都是出於愛的時候，這痛也就成了享受。

含　章

思念、叮嚀、爭吵都是愛的注腳，從花蜜般的甜美到一杯溫水的牽掛，愛最終褪去華服，露出了最質樸溫馨的模樣。

第五輯

歲華有聲

打水漂

並序

2003年2月，余客座臺灣逢甲大學，與著名詩人羅門、蓉子在「燈屋」談詩。羅門先生說，他在香港與詩人余光中打水漂，與余光中各寫了一首詩，開頭都是：我蹲下來／高樓也蹲下來。我說，不妨「我蹲下來／高樓站起來」或者「我猛地停下／高樓仍然前行」。羅門、蓉子皆曰：善哉。善哉。

2017年9月，余客座臺灣中大。詩人羅門逝世，我去泰順街燈屋哀悼。後詩人余光中亦逝世，悲不自勝。忽憶童年「打水漂」事，遂作而和羅門、余光中詩人。

把瓦片和自己
都猛地甩出去

田野的春小麥
一齊豎起耳朵
改變了髮型

甩出去的瓦楞
想像自己是一枚子彈

故意掠過河岸
去惹水鳥罵人

甩出去
就收不回來

瓦楞的一生
到老了還是瓦楞
踩著水的脊背
不喜歡在江河上躺平
要與光波互動
鐫刻逆行的歌聲

二〇一七年十一月十一日作
原載新浪《曹旭博客》

【博客留言】

陳 挺

喜歡詩中「把瓦片和自己／都猛地甩出去／」、「要與光波互動／鐫刻逆行的歌聲」，很有意境。

全前2013_369

現在城鄉都是鋼筋混凝土，很難找到瓦楞了，尋一片打水漂的瓦片都難得。瓦楞般的童年在水漂的圈漪中斬浪前行，瓦楞般的今天依然矯健有力。打水漂不僅僅是童年的遊戲，而是一種奮鬥不息、奮勇向前、不斷超越的精神。

不想做魯小姐的瀟湘子

「水漂」，不論是「水」還是「漂」，都是流動而不確定的，一如起伏的情感。水漂與腳印，思緒在折疊，就像瓦楞紙上的童年，記憶被折疊。

蘇雪碧兒的窩窩

初讀不懂「水漂」之含義，再讀評論有所感觸，「天下沒有不散的筵席」，走遠了，我們的「水漂」的精神還會一直在。

壯氣吹鵬

我猛地停下，高樓仍然前行——兒時的經驗重現，時空重疊了。人生如逆水行舟，時空不斷重疊。

黃浦少華

告別中大，如同打水漂？還是：人生如水漂，腳印如漣漪？抑或都是，相對社會而言，個人行為如同水漂很快會消失，而對個人而言，每段經歷都會在腦海留下印記。

高智先生_116

老師寫詩的樣子，我想像成打鐵的樣子，冬天的爐火升騰起來，老師深框眼鏡後面目光如炬。他的文字好溫暖，詩歌像熾熱的鐵流，把他的臺北的生活，那些美好往事的眷念，以及無法把握時光流逝的感傷，都緩緩的流淌過來了。

玉蕾 3-3

桃園中大蒼翠挺拔的松樹，被光影分割的草地，圖書館前面的狂風，會搶食兒的小松鼠。每週二下午去上曹老師的課，聽曹老師講魏晉風度，名士風流，朗誦泰戈爾的詩，講著講著天色慢慢暗下來……

軒窗臨水開

喜歡《打水漂》，有一股青春的衝勁與天真，意象奇崛優美，最妙的是結尾的低回，似乎劃開了兩段不同人生階段的心境，餘味悠長。

歲月如簫

誰在吹歲月之簫
　橫吹　豎吹
吹過
　酸酸甜甜的日子
在抒情的荒年
　老簫的瞎眼眶
流出悲憫
青春磨難成歌
　時代是一種病
夢裡是無法返城的眼睛

簫聲是千翼之鳥
　在江南蹉跎千孔
　一起哽咽成秋風
吹簫人　聽簫人——
是我自己

二〇〇五年六月作
原載新浪《曹旭博客》
發表於《詩刊》二〇〇八年四月號上半月刊
收入王光明主編《二〇〇八中國詩歌年選》，花城出版社二〇〇九年一月版

【博客留言】

楊東建 1986

這是一管閃亮著歲月光輝，蘊含著生命智慧的老蕭。人生的旅途中，詩人只管採擷，老蕭負責譜曲。一起合作出：世間都是無情物，只有簫聲最好聽。即便在江南害的相思，也能在簫聲中治癒。

老蕭正如詩人生命的一部分！詩人就是老蕭，老蕭就是詩人。

含　章

「青春磨難成歌／時代是一種病／簫聲是千翼之鳥／夢裡是無法返城的眼睛／在江南　蹉跎千孔／一起哽咽成秋風」。時代給了人們傷痛，可正當青春的人們啊還是要歌唱。

年少之人是千翼之鳥，也是被鎖鏈桎梏的囚徒。簫與翅膀與歌，無望的眼睛與哽咽的秋風，拉扯、僵持，對抗成青春，一代代並無不同。

孫　葉

「吹簫人 聽簫人——是我自己」。詩人筆下，既是抒己，又寫盡人生之態。我們何嘗不在簫聲裡？

半輪滄海 916

詩人把中國古典美的意境，都藏在詩句裡，吹起歲月的簫，每一聲，都是對生命的記錄與讚美。

寒流自清泚

蕭聲幽咽，詩人嗚咽，所咽為何？時代青春。蕭聲似人眼，總有瞎處，青春總有遺憾。情為何物？青春此時。

南有木兮

歲月是一首酸甜的歌，蕭瑟的，歡快的，哽咽的，平靜的跌宕的一首歌。時代是席捲的病毒，我只是時代的億萬細胞之一，她的瘡痍也是我的瘡痍。吹簫，聽簫；紀念，直面，我的歌。

非　衣

歲華搖落，洞簫為質，如何見雨落雲門，僧隱寒山？易安瘦也不瘦，當問賦中瞽者，簫聲有無哀樂？

龍　毛

歲月之簫，在春雨淅瀝中相和，在秋風中哽咽。春秋代序，時不吾與，

短亭

在歲月裡，我們是過客，也是主人。

不想起名的人

　　簫聲，婉轉舒緩，如人生路漫漫，每個人都是自己的吹簫人，簫聲或低沉或輕柔，訴說的都是自己的故事，簫聲悠悠，吹的是人生往事，吹的是離愁別緒，也吹的是悠然自在。

問　天

　　閱盡了世間滄桑，看盡了世間百態，吹的是浪濤時光，聽的是人間百態千生。此詩意境與「過盡千帆皆不是，斜暉脈脈水悠悠」的雍容自若，淡雅永恆之感。

異域之眼

異域之眼是一副墨鏡
戴墨鏡的人在大街上
邊走邊唱

異域之眼是一本相冊
我用母語的柵欄
做你的邊框

異域之眼是一條河
仰見萬川之月
我用河水痛飲月光

見面時我剖開水
　裡外全是皎潔的光芒

二〇〇五年五月作
原載新浪《曹旭博客》
發表於《詩刊》二〇〇八年四月號上半月刊

【博客留言】

非衣

太白「乘月醉高臺」時，見的自是漢家月；月下傾酒成河，似乎能瞧見穿著破裙子起舞的愛絲梅拉達，以及正在崩塌的巴別塔。

含章

讀完有些關於詩歌意象的疑惑解不開。「異域之眼」這個貫穿全詩的意象到底指的是什麼呢，異鄉人漂泊無依的新奇感、孤獨感和思鄉愁緒？如果這樣，闡釋「異域之眼」的「墨鏡」又做何解呢？戴墨鏡而邊走邊唱的人是流浪歌手？行吟詩人？墨鏡于他而言有什麼意義呢？隔絕陌生的世界？年輕人恣意的表現？

問天

「異」的是接觸世界的目光，也是對世界的理解，是包納世界的胸懷，更是對世界的熱愛，此詩直達對世情的透徹剖析，似在淺影低唱，又似慷慨高歌。

木樨風外秋

讀此詩的第一小節，想見曹老師在異國的街道上帶著墨鏡邊走邊唱的神采，令人神往。之後的三小節，是詩人用異域之眼對異國風景進行描繪和思考，詩人的旅日詩歌正是充盈了這種澄澈的詩情與詩思，這雙異域之眼散發著皎潔的光芒。

龍　毛

這首詩，最擊中我的就是這句：「我用河水痛飲月光，月光傾瀉於河街。」「痛飲」一詞，新奇又不失畫面感，最後一句：「見面時剖開水，裡外全是皎潔的光芒。」又能和前面呼應，異域之眼就在月光與河水中隱蓄著光芒。

不想起名的人

幾千年前人們用步履探索西域，讓中華文明得以在幾千年後不斷繁衍，各個民族的人們團結在一起，不用去區分彼此，異域之眼不是異，而是希望之光。

望川之歌

你是陰陽之際的
　界河嗎
　啊　忘川

深不見底的忘川
浩浩湯湯的忘川

當所有的亡魂
　如大草原上
　遷徙的牛群在此飲水

當飲過水的牛群
　把所有的思念

遺失在川的對岸

我獨忍受著饑渴
划著我的詩船

載著我的愛人
逃離忘川

二〇〇五年五月作
原載新浪《曹旭博客》
發表於《詩刊》二〇〇八年四月號上半月刊
收入王光明主編《二〇〇八中國詩歌年選》，花城出版社二〇〇九年一月版

【博客留言】

guo 培培

蘇軾十年念亡妻，悠悠自難忘。奈何橋下，忘川河上，亡靈生人，兩相茫茫。蘇軾讀到這句「我獨忍著乾渴，朝著生命的彼岸，劃破天際地，唱愛情的歌。」一定會欣慰的。詩人用詩捂熱那一顆顆掛著冰霜的心。

朱立新

經過歲月沉澱後的情感像一壇埋藏多年的陳酒香醇厚重。透過詩歌、散文看老師，真是一個至性至情之人。

張喜貴

親人不在了，但親情永在，時間可以流逝，但愛永不會改變。讀著這帶著溫情的文字，為之感動。

歐風美雨中行走

祝賀大作發表在《詩刊》上！

含章

死亡，愛情與永恆。如果有什麼生生不息，永遠流淌，那是「川」，如果有什麼對死亡美麗的注解，那是神話裡的「忘川」。人們出生，人們死亡，現實世界悲喜交加，而想像的世界撫平創傷，美好永恆。愛到濃時，可逃離死亡，可不懼歲月，這份勇氣、熱情與浪漫是人類在命運和災難面前永恆的財富。

非衣

令人魂飄神蕩的忘川水，倒似那飲牛飲騾的茶。不知河邊是否真有那老媪，正望著上不得詩船的死靈們，只管叫魂神歸岱山。

問天

是恐懼之歌，又是對愛人的不離之歌，是對生命歸於消逝的無奈，又是對愛人不棄的堅定誓言。

龍毛

深切感受忘川，分隔陰陽，深不見底，亡魂如牛群，丟掉思念。我忍著饑渴，牽著愛人的手逃離，逃離這浩蕩寂險的忘川。

木樨風外秋

心裡有愛的詩人看待忘川的目光也是溫柔的，廣闊的草原，飲水的牛群，遺忘思念的景象讓人感到靜謐。也正是如此，抵抗住飲水的誘惑更顯得愛與思念的珍貴。

不想起名的人

傳說喝了忘川水，就可以忘情，曲小楓對顧小五又愛又恨，所以跳了忘川，想要生生世世忘記他，而我們如果真的到了忘川河畔，會選擇喝還是帶著愛人的記憶逃離呢？

閱讀

我騎在馬上閱讀
我像奔騰處理器一樣閱讀
我像壺口瀑布一樣閱讀

閱讀卷起的浪花
在寂靜的教室
轟隆隆地喧嘩

我閱讀的樣子
像春天燒荒
我用知識點燃目光

所有的詩句都在燃燒
大火吞噬的文字
靈魂在閃閃發光

我手執一卷
躲在小樓閱讀

我拉起窗簾
對一天繁忙犒賞地閱讀

我關閉多餘的器官
讓閱讀只剩下閱讀

我走進一座文學的村莊
歸途被我的閱讀遺忘

我種植罌粟花般的詞句
隱居在詩的家鄉

一九七八年四月作
二〇一四年十月二三日修改
原載新浪《曹旭博客》
發表于《解放日報・朝花》二〇一五年八月九日

【博客留言】

歸　青

想不到連讀書這樣題目，也能演繹出這般美麗的文字。所有的這些體驗，我都有過，可是卻表達不出來。太好了！向詩人致敬。

一尾魚

終於等到老師發新詩了，「讓閱讀只剩下閱讀」，最喜歡這句。現在漸漸覺得，真正進入狀態的閱讀太難得。

梅珈山人

與「一尾魚」的評價一樣，我也極其喜歡那一句。當然，更準確地說，我極其喜歡的是「我關閉多餘的器官／讓閱讀只剩下閱讀」這兩句，喜歡這兩句的對應關係，喜歡這兩句的詞語的因果關聯，而且這兩句當中的每一個字都有鮮活的生命力！

還有，從閱讀者的感受而言，這兩句屬於那種「意料之外，情理之中」的表達方式：如果只寫出前一句，你猜不出後一句，但你去看後一句，則恍然大悟；如果故意遮住前一句，只讓一個有鑒賞力的陌生的讀者看到後一句，那麼，他猜不出前一句的語言，但看到後，又是恍然大悟！

也許有人以為最後兩句點題是詩眼，但是我仍然堅持這兩句才是。這兩句，最有味兒！

［匿名］新浪網友張

閱讀亦能激起如此澎湃的詩情，這裡有奔騰的速度、激動的內心、點燃的詞句，這不就是詩人與作品之間的共鳴與互動嗎。東坡「知是何人舊詩句，已應知我此時情。」記錄的是一個閱讀結果，此詩書寫的卻是一個轟隆隆喧嘩的閱讀過程的體驗。更妙的是詩人大聲宣告自己是「詩的癮君子」。

偉偉到來

我從中看出的，是中國文人和文化，尤其是詩人和詩歌，總是離不開「女子」一端。

xpsm321

此時讀到您的詩，也是對一天繁忙犒賞的閱讀。好喜歡，不舍睡去。

明早我也要拒絕周公的挽留，花去半小時硬幣，去《詩經》裡桃之夭夭。

木婉揚 2014年

沉浸在書海中的詩詞癮君子，火熱的靈魂，隨文字閃閃發光，既是別人的文字又是自己的。我也喜歡這樣的狀態，如癡如狂般，再次讓我想念上海，想念讀博的歲月。

郭德茂

用四十年的光景，等待一句美麗的詩，如同邂逅詩經時代的窈窕淑女。

July-- 離離

「從此便一生閱讀／成了詩的癮君子」。大抵就是這種熱愛，才會使得曹師在詩文這條道路上一直如少年般奔跑吧。

五裡桃花雲

讓閱讀只剩下閱讀的純粹，讓閱讀伴人生的高蹈，皆是凡塵俗子莫及。詩意人生，人生如詩。

蔔花人

從此便一生閱讀／成了詩的癮君子。此句經典，熠熠閃光。是一股帶著古典意向的新詩清流，可力矯當代新詩壇的俗氣。

緣繡 |x-

我像春天燒荒一樣閱讀／我目光經過的書頁／所有的詞句都被燃燒／每一行都在燃燒。那是如癡如狂，眼睛和靈魂都被照亮的絕妙時刻。

林中現鹿亦微隱

騎在馬上閱讀的詩人，擁有奔騰的情思和難以抑制的情懷，讓我想起了幼年習琴的一首樂曲，莫札特《小夜曲》第一樂章，樂曲開頭是歡快的節奏，跳躍的弓法就像騰馳的馬駒，旋律的反復與細微變化，就如同閱讀者看書時的心情，時而是快如絕影的奔跑，時而又是輕快的馬蹄，嗒嗒於地，心緒起伏，變幻無窮。

我家與唐詩宋詞毗鄰

我住的那條大街
　與唐詩宋詞毗鄰
每天早晨起來
　我總花半小時硬幣
　買幾首詩的早餐
外加一杯西域的
　琵琶女樂
　喝完才去上班
一路牽馬吹簫
　行人熙熙來往

許多詩詞專賣店
　門前響著鈴鐺
九月槐花黃
　士子最斷腸
落第之後
　一半是無奈
　一半是清狂
新進士們趾高氣揚
　看花的馬蹄噠噠作響
許多豪貴之家派對
　侍立在唐詩身後的

宋詞女伶的髮髻
　楚楚動人的模樣
我注意到
　那個隔座的侍女
　送春酒也送秋波暗香
李義山已經醉了
　她仍在撥亮
　無題詩殘燭的光芒
我感同身受地
　經歷了那個
　畫樓西畔的晚上
在大街買回

一輩子也用不完的
春花　秋葉　星星和月亮
在唐詩宋詞裡遊戲
蟄居在比現實完美的
文學的錦囊

二〇一五年九月四日修改
原載新浪《曹旭博客》

【博客留言】

方錫球

曹先生少年風華，青春情懷。

牧　心

每次讀老師的詩歌，心裡總會蕩漾起一份溫柔的感動。因為境界，更因為真切的情致。詩是人間最美麗的文字，辭采格律結構或許還在其次，最動人處在于詩人體貼萬物，關懷世情的豐厚內心。

zifeng116

「詩中有畫、畫中有詩」，此其之謂乎？從朱雀大街到府邸派對，女伶、春酒、春風沉醉構成了一幅流動而空靈的畫卷。在半小時的硬幣裏，咀嚼出最有詩意的早餐！

扁舟一芥

〈與唐詩宋詞毗鄰〉一首，讀完發覺，我也住在那條大街上，雖然我的早餐沒有您的豐盛……

詩無邪 2018

〈與唐詩宋詞毗鄰〉，感情細膩，意境連綿，現實與想像交疊，過渡自然，從平凡的生活中提煉著詩詞意境的深美宏約。

小學同學聚會

五十年後見面
　大家都像掉進冬天的
　　游泳池裡
笑的時候牙齒一　起打顫
　人人眼裡閃著
　　抹不去的水花
慌忙從舊倉庫裡
　搜尋對方的名字
但搜出的名字是空殼

空殼的名字
　已對不上
　陌生的臉
偷眼斜看
　舊時暗戀的女生
已凋謝成泥土一樣的花瓣
眼神已成昨夜星辰
　但我們仍緊挨著喝酒
　用歌聲傳情
早年丟失的囧事
　都被小學同學撿去
　人人記憶猶新

都二十一世紀了
　大家還說著
　五十年代的方言
讓帶愚昧印記的黃段子
　端成餐桌上的
　捧腹大笑
在加速的 E 時代
　杯盤雖狼藉支撐
　時間已匆匆退場
每年聚會都感歎
　缺席的人
　像缺牙越來越多

短亭

快讓集體照留住今天的微笑
我們孩子般整齊地
坐在一排夕陽裡

二〇一七年十二月三十一日於臺灣中大新村一〇五號作
原載新浪《曹旭博客》

【博客留言】

陳　挺

曹教授新年好！拜讀佳作，思緒萬千。從感歎同學聚會缺席的人與日俱增，到大家整齊地坐在夕陽下留下合影；從感歎小路和兒時摯友離我們遠去，到訴說活潑的小路依舊定格在記憶深處；從感歎苦楝樹在冬季樹葉凋零，到描繪旭日東昇時陽雀轟然飛起，作品融入人生感悟，哀而不傷，給人啟迪，為您點贊！

子非珂

詩人充滿靈性，含蓄而回味悠長。回望童年，心中滿是消失的小路般的惆悵。

枕書廟人

詩人的新詩，最善用新奇的比喻，最善用具象表達詩情。我認為當代舊體詩詞寫作當向新詩寫作學習的地方。如果沒有詩心詩情，無論什麼語言，什麼形式，都打動不了人。而您的作品，開篇就能抓住讀者！

聚嵐閣主

那顆缺掉的牙啊，已在新的地方發出了新芽，沒有永恆的夕陽，明天又是新的陽光！

ddzx1998

這首詩讀得有點傷感。

Songjiajun

詩人的詩沒有距離感，很簡單的切入，卻突然被打動了！

釣鯨公子

《小學同學聚會》有些心酸，有些無奈，有些哀傷，有些茫然。時間雖然匆匆退場，但在我們的身上，卻似乎有著時間沖刷不掉的印記，無論是老舊的五十年代的方言，還是帶著愚昧印跡的黃段子，總有一天，我們會像花瓣一樣，凋謝，變成泥土，像夕陽消失在地平線裡。

玉　蕾

詩裡有白頭相見的悵惘，有世事茫茫不可知的無奈。缺席的人像缺牙一樣，這個比喻越想越覺得，看似淡，實則情濃，哀而不傷。

韓倚雲

見才氣，見真性情！

高智先生

同學幾度分散聚合，光陰不動聲色流走。往事紛至遝來，世態盡在其中。詩以白描起筆，歷覽人生百態，常以豁達作結，盡現自然美好，這是體悟人生的大佳作也。

用戶 2454837623

詩人帶我穿越時光，領悟人生，《小學同學聚會》突然想起芳華中小穗子不忍描述的多年後聚會的場景，淡淡的傷感彌漫其間。

小碩大美妞

詩人溫情、惆悵的詩句，讓人感慨萬千。我們都有過上天賜給的青春，我們都曾流連于華年而以為是永遠，當我們還在感慨有些故事沒有講完，卻驚覺故人一回一日蕭疏。帶著青春回憶的重聚，是蒼涼歲月中讓人動容的溫暖。

不想做魯小姐的瀟湘子

人生就是一場不斷迎來送往、卻又不斷揮手道別的旅途。時光讓記憶物是人非。

chenfang307

最喜歡《小學同學聚會》，欣喜中有著些尷尬，有著些無奈，有時光流轉的唏噓……

我爲你折一隻紙鶴

丈夫失去妻子
孩子失去母親

江南失去一朵花
音樂失去一段旋律
天空失去一隻風鈴

死神已不屑來看
　你躺在病床上
　管子插成蛛網

你已經無法用

纖弱的手
握住你的生命線

像中彈的春天
受傷的日子
廢墟冒著黑煙

怎麼就這樣輕易失去
太陽的顏色
生命和語言

在你的靈柩前
放一束黃色的小花
我離開追悼會

請原諒　我的朋友

我只能用沉默
做你的墓碑
但我為你折的
紙鶴和
一首詩
會繞著你的清夢
飛回

二〇一五年一月二十六日作
原載新浪《曹旭博客》

【博客留言】

逍逍雨歇聽風吟

「怎麼就這樣輕易失去／太陽的顏色／生命和語言」。友人逝去的悲情直槌讀者心底，這是詩歌的力量。

手機用戶3364807750

一切都是淡淡的失望，歎息，哀婉或感傷，但卻按捺不住頑強與希望。閱世間人事而不改初心，曆生命浮沉而一路向上。升之先生以其溫潤氣質撫觸生活，於受傷的春日裡編織千紙鶴的清夢；於蛛網的困厄中繪寫太陽光的七色。每每讀之，心中充滿溫暖和力量；時光與生命的逝去也變得安詳。空氣中留祝福和思念，綿遠悠長。

朱立新

升之師是至性至情之人，所以他要用橡皮擦去一個遠去的骯髒的背影；他會覺得有一枚針匿名藏在身體裡，腐爛成坐立不安的僵局；他要沉默鑄一塊墓碑，守護朋友失去太陽顏色的生命。歲月改變了容顏，卻沒有沖淡愛憎。而有愛有憎，能哭能笑，才有撼動心靈的詩歌。

三吉 1616

詩人情真真意切切，化悲傷為懷念，透著深深地朋友之情。

騎車人的故事 並序

——悼念王捷同學

「文化大革命」結束，恢復高考，我們考進上海師院中文系，有緣成了七七級（2）班的同學，王捷是我們的班長。畢業後，他留學報工作。一次送樣稿，在虹漕路被一輛一邊開一邊找門牌號碼的卡車撞飛。人生是一場盛宴，大家談笑風生。你突然離席，騎車走了。

你非要騎一輛凶車
　趕過今天
你斜出的身體
　猛然轉進一陣
你自己永遠
　也聽不見的
　急剎車的聲音裡
一群人圍上來
　試圖攔住你
但你變成一隻蝴蝶
　伶伶俐俐地飛走了

女兒在家等你吃午飯
　你不回家
　就打電話給媽媽
媽媽趕到醫院
　從一隻補過的牙齒認出你
你不能騎車了
　但公園裡孩子們仍在騎
　路上穿梭的行人仍在騎
你剛才也在騎
　你幼稚園的時候
　也在公園裡騎
覆蓋墓穴的松柏下面

　大理石和時間
　都沒有意義

你的時間
　已經靜止在一塊
　「事故多發地段」的牌子裡

今天是學校五十周年校慶
　同學們都來了
　但你不來

有人說起你
　大家的眼睛
　在下雨

我們靜默

並留一隻位子和一隻
斟滿的酒杯給你

校慶以後
同學們都走了

我把詩和你
留在紀念冊裡

二〇〇三年五月二十作
原載新浪《曹旭博客》

【博客留言】

汝 成

王捷遇難的噩耗是南大外文所的劉陽告訴我的，聽後我怎麼也不敢相信我的耳朵，因為就在一個月前我還收到他的一封來信和他寄來的《上海師大學報》。這封來信我至今還保留著，每每展讀，懷念之情油然升起。

壯氣吹鵬

「你非要騎」，可見我們都沒能攔住你，這是真實的。後面一群陌生人圍上來，試圖攔住你，是對之前心情的重演。這是虛擬的。這首詩輕快的敘述中飽含了人生沉重的經驗。

新浪網友

沒有什麼比一個鮮活的生命的逝去更讓人驚心動魄的了。「訪舊半為鬼，驚呼熱中腸」。老杜曾如此形容舊交的離世，升之先生則說「你變成一隻蝴蝶／伶伶俐俐地飛走了。」珍愛生命，不只只是為你自己，更為那些愛著你的人。

荒　唐

車禍猛如虎。

古城花轎

娓娓訴說著——對同學的深情和懷念，對生命的珍惜，對生活的熱愛。

lbrave8540

此詩讀之再三，戚戚然有悲咽之情。

用橡皮擦去一個朋友

早就揉皺了他
　但揉皺了又重新鋪平
仔細看
　他長著一個漢字的外形
摘下帽子的部首
　卸去假牙的大門
他是我不認識的人
一生所犯的錯誤
　最令人難受的

是熟悉的人又變得陌生
歲月無法刪除他
　但我是一個
能糾錯的小學生
正用橡皮
　擦錯別字般
越來越淡地
　擦走他
骯髒的背影

二〇一五年三月六日作
原載新浪《曹旭博客》

【博客留言】

方錫球

天賦詩才，寂寥之詩。滄桑變化後，仍然洋溢青春活力，於浪漫情懷包裹莊嚴與神聖，彌漫著曹先生靜穆中的人生之慨。

善良牧心

當時光漸行漸遠，註定，我們的生命裡會擦去一些東西，影子疏淡，輪廓模糊。然而，同樣註定，會有一些印記烙進我們的骨子裡，靈魂中，成為永遠灼燙的傷口。所謂至情至性，就是能體貼這種生活的本相，並且珍視之，涵養之。

玉照簃

正用橡皮擦錯別字般／越來越淡地／擦去你／骯髒的背影 奪人眼球。整首潛氣內轉，蘊涵很深。舉重若輕，沉重的歲月在筆下化成如一抹詩意的煙痕。

潤墨苑

此詩似有本事。漢字、部首和邊旁，皆為隱喻。刪除、糾錯、骯髒，反說，加深情韻。

July-- 離離

多想在腦海中放置一塊橡皮擦，擦去不必要的悲傷和苦痛，那樣人生會不會就只剩下彩色，而沒有黑白？這樣想來，仿佛擦去了大半人生的色彩。

用戶 6899993723

詩仿佛直白不加思索，孩子般的天真和固執，卻給予黑暗現實重重一擊。尤其漢字，骯髒兩詞，力拔千鈞。

樂莫樂兮新相知 97

〝用橡皮擦去一個朋友〞，好新奇的說法！

我碰到她華麗的外衣

走過夏日的林翳
我無意碰到她
華麗的外衣

那根五彩斑斕的
毛毛蟲的刺
從此匿名在我的身體裡

我刻舟求劍地
用手摸到她就在
我身體的某個部位

並表示
願意和她談判
只要她肯出來

回到
我們以前
不認識的日子裡

但我錯看了人
談來談去
她就是不肯

那麼　就讓傷口腐爛成
令我坐立不安的
僵局吧

又疼又癢的無奈
從此醒在我
一輩子的後悔裡

二〇一一年六月二十九日作
原載新浪《曹旭博客》

【博客留言】

流光 wji

詩人，你讓我想到許多我以為自己已經忘記了的畫面。

全前 2013_369

清麗的詩語中負載著莊嚴與沉痛，以樂景寫哀情，倍增其哀樂。

擦去骯髒的背影、腐爛成令我坐立不安的僵局，讓我感受到先鋒的氣息，但又浸染在明麗的詩境中，律動著強大的生命力與蓬勃向上的生氣，分明指出向上一路。

玉照簃

《我碰到她華麗的外衣》此首讀來讓人感慨叢生，彷佛到嘴邊又咽了下去，顧左右而言它，不是對人生有真切感悟的人不能悟此。

用戶 6631893129

此詩似有本事。正如阮籍詠懷，言在耳目之內，情寄八荒之表啊。

守拙齋主

與眾不同的感覺，細微而又朦朧的心緒，難以捕捉卻又很好的呈現出來了。

用戶6628825326

今昔過往，我們的生命中總有著那枚、這枚看不見的針，為了逃避疼痛，我們更多地選擇催眠自己，而不敢臨摹詩人筆下的勇士！

Ibrave8540

腹有詩書氣自華。這三首詩雖然不顯山露水，可它們還是暴露了「教授詩歌」的書卷氣，比如第一首：「你竟然是一個漢字／卸下帽子的部首」；第二首：「刻舟求劍」；第三首：「餘燼」等。

搬家具

十年最偉大的工程
是把房間裡的傢俱
朝不同的方向

搬來搬去

因為居室太狹小
我便用無限的想像

搬動有限的傢俱

搬動傢俱的本質
是搬動了

家裡的空氣
搬動傢俱的結果
　是搬動了
家裡的灰塵
搬動傢俱的收穫
　是搬動了
家裡的陽光
我用自我磨損的年華
　把傢俱搬得全部脫臼

以象徵我
無聊無奈的生活

一九九〇年五月作
二〇一五年五月十日修改
原載新浪《曹旭博客》

【博客留言】

文志華

《搬家具》一詩，歸結到了個人生命意義上來，「居室太小」，這是強調空間的限制，空間可以指現實的空間，也可以是政治的和理想的空間，這種限制折射到生活上，所呈現的生活狀態就是「無聊」和「無奈」的。中年男人就好比是壓在五指山下的孫悟空，孫悟空翻身都不得，詩人還可以搬搬家具。搬家具是打發無聊，更是在尋找生活的意義，搬走的是灰塵，搬動的是空氣和陽光。搬動本身是無聊的，但搬動這種生活本身何嘗不是一種意義？也印證網路上流行的那句話「生命在於折騰」，而折騰正是源於對生活的熱愛。

邵　曼

讀到「搬動傢俱的本質，是搬動家裡的空氣，搬動傢俱的結果，是搬動了家裡的灰塵」時，四歲半的小澎澎笑得滿嘴蘋果都噴了出來

傅蓉蓉

搬家具，搬動的是陽光與流動的風，是不肯「安分守己」的中年以個

體生命對抗自然時序的倔強；是沉默中的力量；是對世俗定義戲謔地反諷；是一顆裝在生出疲憊皺紋軀殼裡依舊磅礴的少年心。

趙紅菊

生活的單調、乏味，艱辛、無聊，以及人們的樂觀、執著、努力、積極，字裡行間，有時分明還能看到自己的影子！

燕泠 123

搬家具這件事，我也做過。如詩人所言，每搬動一次傢俱，搬動的是家裡的灰塵與空氣，搬動的是家裡的陽光。雖然怎麼搬空間都沒有增益，然而每搬動一次，都會換一種心情。在有限的空間裡創造出無限的可能，在既定的生命半徑裡走出不一樣的

用戶 6375713989

初讀晦澀朦朧，再讀又格外真摯清楚，以前覺得其的詩結尾低佪，是辛稼軒的「驀然回首，那人卻在燈火闌珊處」，讀得多了，方覺得用日常話造機警語，實是詩人本色。

長亭　短亭

——題名詩

我把我走過的
人生的每一個驛站
都用一朵花命名

我把沿途的花草
植成有意味的風景

當我夢中回鄉
迷失道路

那些有名字的花草
便是長亭　短亭

二〇〇五年五月作
原載新浪《曹旭博客》

【博客留言】

龍　毛

夢想的路通向遠方，我們都是離人。離人的夢裡，沿途的花草招搖，變成了歸途的長亭與短亭，變成夢溫柔的指引和召喚。

非　衣

五裡暮靄，十裡青山。你，隱藏在你的花裡。

樂莫樂兮新相知 97

人生往前看充滿絕望、痛苦；但是往後看則是甜蜜的回憶。詩人用文字溫暖了往日的苦難。

綠袖子少年

四年前的夏天認識老師，三年前的夏天，每天傍晚散步時讀一讀老師博客裡的文章，無論是那螢火蟲還是蟋蟀，皆滿懷希冀。而今夏已末，獨困愁城，捧來老師的詩歌一讀，更是悵惘。我希望歲月慢一點，讓老師做更多想做的事，也讓我早日找到該走的路。

木樨風外秋

十里長亭，五里短亭。人生的驛站不停變換，通過文字，將走過的人生之路「植成有意味的風景」，我們駐足欣賞，每每流連忘返于花團錦簇之間。

第六輯

古人今詩

蘇小小的江南

種在江南的雨
　三月瘋長不停
如蘇小小的髮絲
　亂作她的相思病
是林風眠的畫
　雙手捧一顆愁心
真想用割草的鐮刀
　割盡江南的雨雲
把春天明媚的陽光

還給她美麗的眼睛

我路過江南
忘了帶割雨的刀
反被濛濛的細雨
困在西陵的石橋
悵望多情的渡口
哪裡去找蘇小小
不見油壁車的蹤影
不聞青驄馬的嘶鳴
不知她與阮郎
是否愛到如今

眼前花傘如織
汽車穿梭
行人娉婷
千年前的風雨
依舊寂寞
依舊飄零

二〇一四年五月二十二日作
原載新浪《曹旭博客》

【博客留言】

傅蓉蓉

「我路過江南」、「忘了帶割雨的刀」，所以這場下了千年的雨打濕所有閱讀者的睫毛，讓每一個破土而出的眼神裡生出欣喜與讚美。

古典今寫，很多詩人都會做，但很少詩人做好。常見的，莫過於採擷一些耳熟能詳的詩句，加上半生不熟的典故拼接出五彩斑斕卻支離破碎的意象。稍好的，也不過拈出一個物件，代他說一番看起來有道理的話，賦予所謂的同情與同理，以異代知己自居。

但詩人這些作品不同，他不是筆下這些古人的朋友，研究者，不是穿越到那個古典裡的觀光客，他就是李白、王維、蘇小小……他以我們能聽懂的語言說著這些古人想對我們說的話，煙雨江南，黃鶴樓頭，輞川月下，不是鋪敘出來的場景，是我們與「他（她）」相遇時的環境，我們的指尖可以觸摸到雨絲風片，我們的鬢髮會在月華浸潤下微微濕潤，湯湯江水裡，我們也終於有了一樣的相思與憂愁。

也許等了許多年，這些文學史裡徘徊的故人終究找到了一個聲音，說出了他們鯁在喉頭的言語。

付秀兵

這不是白居易的蘇小小，不是李商隱的蘇小小，不是溫庭筠的蘇小小，是真實的蘇小小，這也不是蘇東坡的江南，不是戴望舒的江南，更不是林俊傑的江南，而是中國人內心最深處的江南，是無數華人魂牽夢繞的江南。是江南的蘇小小，也是蘇小小的江南！如果蘇小小有知，當與作者結為知己，不再孤獨飄零，若是江南有感，也當從煙花細雨中抬起頭來，露出一抹塵封千年的微笑。

石會鵬

江南的蘇小小。在煙花三月下揚州的季節，在杏花春雨的江南，瘋長的春雨如綿綿情思，割不斷，剪不開，那是蘇小小的無邊無際的幽愁。「我打江南走過」的作者想用鐮刀幫她割斷，不巧的是卻忘了帶刀，反被濛濛細雨困在渡口石橋。多情的西陵是蘇小小安息的地方，聽不到她愛阮郎的誓言，看不到青驄馬，油壁香車也不再逢，只看到汽車穿梭不停，在熱鬧繁華的現代都市中留下蘇小小千年寂寞，萬古飄零。那種淡淡的憂傷，濃濃的惋惜撲面而來，給人一種「無可奈何花落去」的悲涼之感。

彭雪琴

江南濛濛的春雨，是蘇小小的誓言。沒有了青驄馬，沒有了油壁車，只有嘻笑的遊客，和無盡的喧騰。當愛情也成了一種展覽，誓言便可以用鐮刀收割。

張駿如

此詩將江南的雨比做三月裡瘋長的草，它有了顏色，青青的，長滿蘇小小的臉，是愁容和病色，接著又將林風眠的畫帶入，浪漫憂鬱，讓想像有了畫面依託，這些南方的意象，放在一起如此貼合。想用鐮刀將雨絲割斷，繼續使用通感手法，也照應了首句「種在江南的雨／三月瘋長不停」，春愁割不斷，如雨如草，千年風雨，小小依舊。通篇結構圓融飽滿，有情有景，從古過渡到今，昇華了境界。

樂莫樂兮新相知 97

詩人用新詩形式敘說古人故事，令人耳目一新！「我路過江南，忘了帶割雨的刀，反被濛濛的雨，困在渡口石橋」好喜歡這句！

喜歡千千的紅豆派 vv

錢塘蘇小小，又值一年秋。可憐這位名妓，香消玉殞，也沒有等到她的那位阮郎，落得個孤冷的結局。大概這就是所謂的情深不壽吧。

寒流自清泚

「我路過江南，忘記帶割雨的刀」，倏忽閃過鄭愁予的錯誤「我達達的馬蹄，是個錯誤」。江南的蘇小小，是不是都錯了呢

芝　枝

不可否認，現代詩的寫作除了格律的自由和口語化之外，思理性或者學問化也是一個普遍存在的特點，尤其是八十年代以來的詩歌更是如此，這些詩歌大多受到歐美文學的影響，但要說對我國傳統詩詞借鑒得很好的詩人，實在寥寥。漢學家宇文所安就曾對一位我國著名詩人的詩作發出感歎：這寫得比歐美詩歌還歐美。

新時代的詩歌有兩方面的探索，一是注重從生活中尋找詩意，二是有意去借鑒傳統詩詞。此詩融合了生活、傳統和新詩本身的特點，會通古今，探索出一條屬於他自己的新途。

無憂亦無懼w

「種在江南的雨／三月瘋長不停」。一個「種」字而境界全出。

歸青

新詩中很少有的題材，超越時空的對話，句子短而又變化，特別是想像力和體驗的真切讓人讚歎，古典式的美和現代的審美交集，特別喜歡蘇小小詩中濛濛細雨帶出來的韻味。喜歡。

王孫

你要去的國都
是一口深深的陷阱
為了你的安全

我和荒草
　一直手牽手地
把你送到京城

我不知道
　春天在哪裡
天涯在哪裡

我是送別
芳草地上
那片馬蹄的回聲

我會堅貞地等來
春天和你
回家的音訊

我要把一生的
美麗和寂寞
獻給你

不停地呼喚你
魂兮歸來啊
王孫

二〇一四年九月二一日作
原載新浪《曹旭博客》

【博客留言】

全　亮

扎實的古典基礎、深刻的人生體驗、旺盛的生命激情，才能讓古詩變成這樣的悠揚新曲。

葉當前

與荒草攜手送到京城，真正詮釋了青草送別的真諦，與折柳比，青草才具最旺盛的生命，在榮枯輪回中，長相伴，隨君到天涯。古詩翻新，如靈丹一粒，點鐵成金，點金成晶片，儲存了更多的意象、更深刻的思理、更靈動的美。我要點上崇敬的贊。

石會鵬

王孫，時空穿越千古，地跨南北，詩化古今，熔於一爐，哀感頑豔，傷感淒美。

張駿如

古人今詩，這五首讓我想起王羲之那句：雖世殊事異，所以興懷，其致一也。人的情感可跨越千年時光，與昔人靈魂相通，結為知音。詩人這幾首精准的把握住了不同人物的特點，巧妙的將其代表性的特質、詞作或典故融入其中，但卻不露生色，十分自然，語言的運用已經出神入化。

趙虎威

此用新詩的手法將上述的藝術形容美美的結合在一起，像散文，清淺；像畫，可感；像竹枝詞，有韻；像西洲曲，娓娓道來。讀罷，魏晉風度、唐詩風神、宋元韻致的界限變得模糊，永恆的唯有那萬川之月與江上之清風，我們都是流淚的讀詩人。

雁　行

古人今詩是一組很特別的詩。古人的詩句，像在貝殼裡孕育了千年的珍珠，把它們一點點串起來，串成時興的款式了，就是古人今詩了。

菊井泉香

期待有機會能聽曹老師現場講解、朗讀！

梁武帝的佛

你只輸過一次
　可惜輸了江山
從你的手上得來
　還從你手上失去
一個暴走的流氓
　贏了有文化偉績的你
只可惜了江南風流
　那壯麗輝煌的宮殿

被北兵當成一堆積木
　燒成滾滾西向的濃煙
臺城宮女在鐵蹄下無助
　堤柳般披髮痛哭春天
六朝美麗的明鏡
　摔成一地碎玻璃
一輩子都虔誠地
　向佛膜拜頂禮
但關鍵時刻
　佛沒有向你伸出援手

你以絕食的方法
死在觀世音的微笑裡

二〇一五年六月十三日作
原載新浪《曹旭博客》

【博客留言】

Zhangxigui

提到詠史，總是會想到仲宣、太沖、景陽、明遠等人的《詠史詩》，但從沒想過詠史詩還可以這樣寫。讀升之先生的這組詠史詩，真的有一種驚豔的感覺。

玉照簃

這組帶著歷史的厚度，串起悠悠歲月，彰顯作者的深度與識度，我們是古人的今人，未來的古人。

宋佳俊 01788

和古人做朋友是一件有趣的事。曹老師穿越了時光的隧道，藉助詩歌的橋樑，來到了梁武帝、孟浩然、蘇軾的身邊，以他們的朋友身份，同情他們，安慰他們。我想，習慣了被後人罵為昏君的梁武帝、怎麼都不會想到，1400 多年後的今天，會有一個「發小」以詩歌的方式來緬懷他。

願得雁行

梁武帝年輕時的野心，在他三次捨身同泰寺後變成了猶豫。在台城陷落的煙塵裡，他只輕聲歎息：「自我得之，自我失之，亦複何恨，幸不累子孫。」蕭家皇帝的滿腹詩書，終抵不過刀槍與戰馬。蕭綱被侯景幽禁時，尚六藝不廢；蕭繹在西魏兵威之下，還在親講《老子》義。他們都像極了父親蕭衍，都是真正的文學之主。

易　蘭

「南朝四百八十寺，多少樓臺煙雨中」，兩句道盡南朝佞佛之盛，獨有千古。昇之師《梁武帝的佛》「一輩子都在／虔誠地禮佛／關鍵時刻／佛沒有向你伸出援手／在觀世音的微笑裡／你以絕食的方法死去」，蓋有慨於斯也。然注目梁武一人，以見大勢，又別有蘊藉。

July-- 離離

詩人的現代詩總有一種歷史的沉重感和詩人的憂鬱氣質，但是並無窒息感。武帝的失敗不是完全意義上的失敗，他是一個真實而複雜的人，正如詩中所說，他是一個有底線的人。從另一種意義上來說，佛是成全了他的，佛的不援助或許就是一種成全。在那樣無力挽回的情況下，也許佛對他來說就是一種指引，通往極樂的指引。

蔔線子

《梁武帝的佛》讀來給人一種歷史的悲涼感，最後四句，更是對梁武帝作為一代帝王一生的由輝煌到沉溺佛教，最終餓死的深深的對照，由此延伸出來的人生之悲和歷史之悲。

Ibrave8540

此詩是「把有價值的東西撕毀了給人看」（魯迅語）。以雜文精神寫詩歌，就像王陽明援佛入儒一般，可以讓文學發展別開生面。知詩人鑽研六朝詩文頗深，看「六朝美麗的明鏡／成了一地碎玻璃」，詩人攜著讀者，從「碎玻璃」中穿越到彼時悲劇的年代，這破碎之聲，價值頗高——穿越者的肉身與彼時社會相遇，片刻就「湮滅」了。

五裡桃花雲

失敗是回聲、靈魂是霧、美麗化為碎玻璃等等，以聲色繪製畫面，寓抽象於具體，情事畢現，氣象頓生。　王國維《人間詞話》云：「詩人對宇宙人生，須入乎其內，又須出乎其外。入乎其內，故能寫之；出乎其外，故能觀之。入乎其內，故有生氣；出乎其外，故有高致。」余觀此詩，咸以古人之名作入詩，題名詠史，亦為論人矣。詩人亦入亦能出，兼寫兼論。

鋙鋙 yi

這些詩從古典中來，而又借助現代詩的複雜性，將古典打磨出了現代的質感。

書法基礎 -- 精品開放課程

浪漫的情懷，古典文學的修養，融匯在詩人筆下，流淌出跳蕩的、古典而又清新的、與世俗不一樣的一串串音符。讀罷頗能激發我的懷古之思，啟發我的寫作靈感。

樂莫樂兮新相知 97

看了梁武帝篇章，好期待老師寫李煜、趙佶。

孟浩然的魚

你把寫給張丞相的信
撕碎了
一片一片
扔給秋潭的小魚

拒絕科考
如同拒絕釣竿
何必去求張九齡

羨魚的你
不滿地撿一塊石頭
想奮力扔過洞庭

但石頭中途落水
留下你眼圈上
漣漪般的魚尾紋

你的許多失敗
都是石頭落水時
空蕩蕩的回聲

風已經很大
巨浪萬頃
湖上已是黃昏

你預感
外表雄偉的岳陽城
總有一天會崩潰

於是你站起來了
扔下釣竿
離開洞庭

一九九四年九月二十日作
二〇一五年六月修改
原載新浪《曹旭博客》

【博客留言】

易　蘭

新詩佳作，其文字也必推陳出新，其想像也必昂首天外，昇之師《孟浩然的魚》足以當之，而陳述直率，無矯揉造作之態，又自成一格。「眼圈般的漣漪」、「浪花的回聲」，妙筆生花，取譬通神；「求張丞相不如靠自己」、「扔下釣竿／一去不回」，直抒胸臆，如在目前。

Zhangxigui

孟浩然的魚，詩中的羨魚、釣魚再到扔下釣竿，其實正是寫出了孟浩然從干謁張九齡到隱居鹿門山的系列心路歷程。「你把寫給張丞相的信／撕碎了／一片一片／扔給秋潭的小魚」也可以說此詩是升之先生將孟浩然《望洞庭湖呈張丞相》一詩揉碎之後再重新排列組合，從而使得我們對於唐代的這位元布衣詩人有了新的認識。

記得八十年代在北京特意到王府井書店買了《唐詩今譯集》，但總覺得其中的許多譯作味道不對，後來也就很少再翻看那本書了。比較看來原來實在是喜歡這樣的詩，而不是那種白話文的生硬翻譯。

但白瑾

此以古人之舊意入新詩之肌理，妙絕。

海大李婧

拜讀此詩，才頓悟詩的特質是什麼。孟浩然的境界是多少專著論文都討論不盡的，如何用一首小詩來概括真髓呢？曹先生奇妙構思，擷取魚和山兩個意象，用四兩撥千斤的方法，直探靈魂的深處。這就是詩以有限表達無限，以具象表現抽象的特質所在吧。

不想做魯小姐的瀟湘子

孟襄陽「氣蒸雲夢澤，波撼岳陽城」的壯闊，在詩人筆下成了「你不滿地撿一塊石頭／奮力扔過洞庭／但石頭／中途落水／留下你眼圈般的漣漪」，這漣漪，是淚水，是心緒，更是歷史的軌跡和傷痕。

玉照簃

孟浩然的魚 從洞庭湖贈張丞相一詩詮釋開去。竟像是一副變換其一生的幻燈片。孟浩然被稱為天才詩人，只是詩料少耳。他的一生從未做官。也是與陶淵明般並不是如表面一般而是內心裡有隱流。詩人用現代詩的形式詮釋了那時那境，妙甚。附孟浩然之詩：八月湖水平，涵虛混太清。氣蒸雲夢澤，波撼岳陽城。欲濟無舟楫，端居恥聖明。坐觀垂釣者，徒有羨魚情。

江狐從前叫小靈狐

　孟浩然的魚在池中徜徉，或許也吃過許多撕成紙片的信，憤而欲出的思緒。困住孟浩然的是困住千古文人的難題，擲竿而去的也不只是一個人的背影。魚終究是一條魚承擔了所有。

王維的紅豆

有潔癖的你
　終日坐在終南山那塊
　泉水歌唱的白石上

看雲起雲落

但事情太忙
　心緒不寧
　你常常

沒有把石頭坐熱就走了

煙一樣的江水

流不出你的筆端
水的頂層是遠山

過了遠山就是遙遠
遙遠江南的紅豆
每一顆都是搖頭丸
你若多採擷

會令你跌破夢的家園

思念中的山東兄弟
已經在佳節
一個個走散在

季節的邊緣

你很長時間
不彈琴了
我也很長時間
沒有去過輞川
這是您的新作嗎
升起在山后的
那一輪檸檬色的月亮
是你微笑著
淡黃的病臉

二○○三年五月作
原載新浪《曹旭博客》

【博客留言】

文志華

三月瘋長的雨，真是愁的最好的形容。但我覺得王維的病臉和蘇小小的病臉，才是最讓我們心疼的，因為這是真的無法醫治的。

王維走到水窮處，除了阮籍的哭一條出路，那是「坐看雲起時」。雲可能太虛了，詩就寫遠方的家鄉，因為遠方有紅豆，紅豆代表思念山東兄弟，「雲起時」就有了一個更具體的歸宿點。

雁行

陶淵明和王維都隱居，都寫山水田園詩，但他們卻截然不同。陶淵明是老農民，隨便一處黃土，便能席地而坐，王維卻是有潔癖的，必須坐在清泉洗過的白石上。此可作為「有潔癖的」注解。

魏傑

每首詩都有很美的句子，王維這首淡檸檬色的月亮，後面接王維的病臉，著實沒想到。

用戶 7690009413

王維消瘦的病臉，如一輪升起來的淡檸檬色的月亮，這種比喻直擊我的內心，這是詩意的語言，是經歷滄桑後賦予詩意的靈魂。

無憂亦無懼 W

用第二人稱，以友人的視角與王維神交，妙哉！「你很長時間不彈琴了／我也很長時間沒有去輞川」。歲月倏忽而逝，你我也從青春走向垂暮，不由分說，亦來不及分辯。

Songjiajun

「你常常／沒有把石頭坐熱就走了」，此句評王維，十分恰當，論定力，王維確實不如陶淵明，他確實沒有把石頭坐熱的定力。

煙花 1001

相比之下，陶淵明更接近田園，頗有融為一體之感。王維之詩很輕快，或許也和他一生的經歷有關。

柯鎮昌

讀這首詩，彷彿是在癡情的月下，推開沾滿千年酒香的小窗。看清風落葉，細雨般敲擊著歷史的魂靈，似醉似醒。

彭雪琴

終南山的王維，坐在白石上，看泉水歌唱，看雲起雲落，把紅豆熬成搖頭丸，搖頭丸裡盛著檸檬色的月亮，和你消瘦的憂傷。

劉全發

你常常／沒有把／石頭坐熱就走了」。並不是說王維喜新厭舊坐不住，而是表現出王維內心深處的定力。這樣的例子在這組詩歌中比比皆是，在這些詩歌中，他在詩歌的格律、形式、隱喻、意象以及對古韻意境的營造都有很自覺的探索，並表現出非常卓越的詩學思考。我覺得這組詩歌是很有靈性和富有啟發的作品，也是非常有意義的探索，為詩人點贊！

石會鵬

寫王維，涉及到王維的《終南山》《山中》《山居秋暝》《終南別業》《紅豆》《九月九日憶山東兄弟》《輞川別業》《竹裡館》等詩作，把王維詩中的意象掰碎揉開用，並用詩人行蹤移步換景，化古詩意境為現代詩意境，如詩如畫。

許芸青

這首詩展現出更立體的王維，「坐在終南山那泉水歌唱的白石上／看雲起雲落」表現出詩人濃郁的生活氣息。王維寫詩的藝術手法淡遠幽靜，充滿禪意。用不同的層次勾勒出意象的奇妙，像詩中作者與王維對話的那樣，「過了遠山就是遙遠」，總是給人無窮的遐想。歷史不願書寫的美麗在詩裡定格，長存。

李白還鄉

你還鄉的時候
月色那麼好
孤鴻那麼美

今夜人人舉杯
慶祝的白水
也能喝醉

滿天的星星
一閃一閃的眼淚
女粉絲都歡迎您的回歸

一輩子做官

不如寫詩

寫詩
不如登黃鶴樓
登黃鶴樓
不如將進酒
既然已經賜金放還
你又何必在西風裡
再登一層樓
當春天的柳綿飛起來
你決定
脫下衣錦　還鄉
我贊成你　還鄉

你還鄉以後
　可以種三畝竹子

讓月下的風聲
　和斑竹
　都成為流淚的詩人

等所有的竹子
　都長成青青的排簫

你就用它們
　慢慢地吹奏

你明月一樣的後半生

二〇一七年九月二十七日作於臺灣桃園中大新村一〇五號
原載新浪《曹旭博客》

【博客留言】

毛　傑

無法釋懷詩中的月色，伴著李白還鄉的孤影，還有風聲、斑竹，我總相信，這夜幕下的滿把晴光，因李白而越發皎潔，或許是因為謫仙人的簫聲，早已融入每一個中國人的情懷吧。我也相信，灑脫與孤獨纏夾，只有酒能化得開，我們為李白舉杯，讓那些喝醉了的詩，與我們同醉！還鄉吧，李白。

雁　行

「一輩子做官不如寫詩／寫詩不如登黃鶴樓／登黃鶴樓不如將進酒。」其實曹老師是不喝酒的，在謝師宴上，別的老師總要喝兩杯白酒助興，曹老師卻滴酒不沾。我也極少看到老師在詩裡寫酒。

所以讀到這首詩時，我是驚訝的。「我贊成你還鄉」，似乎也贊成你喝酒，李白醉了，曹老師也醉了。

葉當前

讀詩性李白，讓我想到嵇康，可能嵇康的酒量不如李白，要是二人同時，一個醉酒寫詩，一個小酌題壁，又不知要生出多少雙璧、三絕。

文志華

我讀詩時，覺得所謂借古典，還是在寫自己，還是在跟古人進行思辯和對話，還是寫自己的理解和寄託。只是老師的情境鋪寫的得好，讓人一下子代入，一下子想起那些古人詩句。

高　智

詩人寫李白還鄉，實際上是在找尋，人生的路。做官不如寫詩，寫詩不如登樓，登樓不如喝酒，喝酒不如還鄉。在那故鄉的土地上，有人在地下永遠睡眠，有人在地上永久忙碌，這就是故土，那些曾經多麼愛過我們的親人，回到她們身邊去，安睡在夜的另一面，柔軟的月光裡，我們忍不住，流下了今生的熱淚。

李　昇

「我贊成你 還鄉」，這是在和久違的朋友李白談心呢，仿佛我就在鄉里等你李白回來，還準備領著你種半畝竹子，因為你吹簫的樣子，才是我心目中的李白。

彭雪琴

還鄉的李白，寫詩、登樓、喝酒、種竹、吹簫……斯人不憔悴，遊子有消息，或許，最欣慰的人，是杜甫。

半輪滄海 916

「讓月下的風聲和斑竹／都成為流淚的詩人」、「等所有的竹子／長成青青的排簫／你就用它們慢慢地吹奏／你明月一樣的後半生。」李白宛若天上的皓月，照影在水中與青蓮作伴，那都是孤獨冷寂的代名詞，即便詩中常有遊俠傲氣，卻終究歸於塵土，如冰冷的青蓮綻於虛無。斑竹，瀟湘，李白，用生命吹奏皓月般的詩篇。

劉全發

做官不如寫詩，寫詩不如登高，登高不如飲酒，這裡的「不如」若對於一般人可能意味著價值選擇，而對於李白則代表著他作為詩人的情趣。

李白並不是不想做官，也不是不想寫詩，更不是不想登高，詩人從他一生的行跡來看，採用國畫寫意的方式勾勒李白的性格，以及他詩歌的神韻。

魏傑

您的那個李白的最後一連串下來真的很妙，學生下次也學習這樣的寫法。學生理解的是詩歌的美有時候就是看起來沒有關係的事物，詩人用一種微妙的聯繫把他們連起來就有了詩歌的感覺。現在讀老師的詩歌已經感覺形成您的獨特的風格了，如果和別人的詩歌放在一塊，學生應該能看出哪首是老師的。

九色鹿

「李白吹不了排簫，他是踏歌的人。」「踏歌的是汪倫吧！」「是的。排簫細膩清悠，我以為收不住李白的狂放。踏歌率真直接，倒合他性情。」

郭亞超

詩人也許是世上最孤單的人，並非因其孤傲，而恰因為日常瑣碎和無聊佔據了大部分人的生活，這樣的生活讓人離赤子之心漸行漸遠，也就離詩歌更遠。

曹旭先生的詩讓我們看到了人在這種日常生活之外的存在方式，這也許是先生詩意生活方式的呈現。這幾首詩中的主人公有的現實生活並不如意，如李白仕途的失意與李煜後半生悲慘的政治遭遇，雖然現實遭際使他們感到落寞，但反過來講，恰是這樣的遭際反而成就了他們精神上的偉大，從而能流淌在漫長的歷史長河中。每當有人真正讀懂他們時，他們可能都會莞爾一笑，因為兩顆心真正相遇了。雖然讀他們的人有很多，但真正能夠體驗他們切身處境的人卻寥寥無幾，我覺得曹旭先生是能夠體會這一點的，因為他的詩就是最好的回答。

綠繡 |x-

最喜歡「你明月一樣的後半生」應該是李白會喜歡的評。有惆悵，有蕭疏，也有脫略，有放任，有視線拉遠了看的畫意，讓人想起姜白石的「淮南皓月冷千山」。

嘉榮

你看還鄉，你看明月，你看到的是情。酒不如月，月不如人。

李煜與宮娥

且說李煜到了汴京
　整日以淚洗臉
　仍然捧一顆詩心
在無奈地喝了
　宋太祖送來嫉妒的
　毒酒以後
我們便在文學史裡
　集體地原諒了
　他的荒淫與天真
當皇帝

　是他的不幸

但他幸運地
　當上了詞人
使他的文化影響力
　和文學粉絲群
反令宋太祖
　俯首稱臣
不必問今生
　江山不如美人
江山不是你的江山
　美人卻是你的美人

當年那些
　唱著別離歌
被強擄到北方
　垂淚的宮娥
現在成了一群
　失業的妃子
她們當起模特
　集體出了深宮
她們的步履美妙追風
　她們的胭脂塗得通紅

她們已化成綺麗的晚霞
舞蹈在江南千年的夜空

原載新浪《曹旭博客》
二〇二一年九月二日

【博客留言】

楊　賽

李煜的詞心與德性，過了江，到了汴京，就涅槃了。像月亮一樣，關照著千年詞苑。今日的囚徒，與昔日的宮娥、院裡的花樹，都平等了：一樣的生老病死，一樣的喜怒哀樂，一樣的經風曆雨，一樣的興衰榮辱。看遠看深，卻不能看淡看空，就有了悲憫，日常的文字就有了魔力，能動人，能渡人。曹旭老師追求漢語的永恆魔力，不管文言還是白話，散文還是韻文，古體還是新體，意境清新又雋永，詞句平常又生動，角色可愛又純真，韻味甘醇又會通。讀多了，讀進去了，自然能養文心，又能養德性。

含　章

垂淚的宮娥，失業的妃子，晚霞一般，舞蹈在南唐綺麗的天邊。歷史不願書寫的美麗，在詩裡定格，長存。

李　準

大概是和我個人的偏好有關吧，我比較喜歡李煜和他的詞，也比較贊同王國維所說的李煜是一個有「赤子之心」的人，這種人格魅力滲入到文學作品中也是我欣賞李煜作品的一點。

其次，文學史的原諒。看了這首詩的題目和全詩，我會想馬上想到李煜的《破陣子》。這首詞的「臣虜」、「別離歌」、「垂淚」、「宮娥」與老師所寫的新詩高度重合。而且這首詞也是李煜詞的代表作。感覺老師的新詩意脈，也是一種對李煜「文學史的原諒」。如「不必說／不必問今生／江山不如美人」，「她們集體出了深宮／改行當起模特／化成綺麗的晚霞／舞蹈在江南千年的夜空」功利層面來講是「無所事事」，但審美層面卻是美的，是被「原諒」的。

再次，詩歌張力。這首詩與前幾首詩歌相比給我的感受是這首詩的張力更強烈。詩中有很明顯的對比，如李煜與宋太祖，文學史與歷史，皇帝與詩人，失去與換回，國家與詞句，江山與美人等等，這是對比所產生出來的張力。另外有失業妃子與無所事事的模特這種古今的張力。兩種類型的張力支撐全詩的行文，所以我感覺這首更加與《古人今詩》這種有張力的題目相般配。

這一首新詩感覺好像古代典型的懷古詩，有著傳統懷古詩那種今與昔的歷史感，同時也融合了現代的詞彙，如粉絲、失業、模特、虹霓等，這些詞彙流露出現代人生的起伏，體現出了現代性。

張駿如

《李煜和宮娥》裡，將宮娥比作模特，用失業這些現代詞，增加了詩的層次和趣味性，在其它詩中也有用，這點也體現了作者對文字遊刃有餘的掌控力，看起來毫不費力的精巧又自然，非功底深厚不可達到。這首詩末尾讓宮娥幻化作虹霓、雲霞，在南唐綺麗的天邊，如美麗的雲煙，置於宇宙時空中，古典浪漫之外又加了歷史的厚重和滄桑。

從前讀曹老師的詩，習慣以至情至性來看，今時再讀，發現這其實是一種深沉的浪漫主義，一種見過現實殘酷之後以浪漫消解的英雄主義，蘊含著對生命的珍視和對生活的熱愛，輕盈之餘有它的厚度和深意。

葉當前

古代論詩詩寫詩人，是評論詩人的詩作。以詩寫文人，多是人物贊，屬於韻文體裁的歷史。古今詩人五首，是用新詩寫詩人，是以詩人的詩、詩人謎一樣的傳說、詩人詩性的人生為依據寫成的，是詩性中的詩性，哲理蘊含在感性中，美是理念的顯現，古今詩人五首是美的。如果將這組詩作為中國風拿到經典詠流傳上去唱，肯定會成為傳播經典的經典。

魏　傑

學生拙見，您可以多拋棄一些這些人物中寫實的內容，比如我們都知道的他們的事就減去一部分，多寫一些意象化的內容，如失業的妃子們，化成南唐天上的彩雲。

蘇東坡的廬山

遠看　近看
橫看　豎看
　你的真面目

蘇東坡也難看清

李白最天真
　他選擇了永王李璘
　不知道詩人

不能離政治太近

我無法
　和山保持距離

因為高音喇叭
史無前例地日夜轟鳴
所有的人在瀑聲前
都驚慌失措
丟失了自己
最本真的嗓音
遙看陽光下的瀑布
如嵇康臨刑
噴一腔鮮紅的血
作不屈的抗爭
生在此山中
我無法選擇
我只是不願看你

如此亂雲飛渡
仙人洞的玄機
　變幻莫測
　我看不透你
偉大的靈魂是霧
我是一隻
　有思想的玄豹
　舔舐著傷口
藏在你風光的深處

二〇一六年五月十六日作
原載新浪《曹旭博客》

【博客留言】

不想做魯小姐的瀟湘子

《蘇東坡的廬山》尤為別致，將蘇軾、李白等人的廬山詩嵌入其中，又以現代人的視角開啟哲思。「站在瀑布面前／所有的人／都丟失了自己／真實的嗓音」既是寫實之筆，卻不由得引發人對在歷史洪流裹挾下「失語」的思考。「生在廬山／我無法選擇／我只是不願看你／如此亂雲飛渡」，沉痛之語卻振聾發聵。在巨大的浪潮下，智慧如斯亦難免迷失。既然參不透，那就何妨吟嘯且徐行吧。詠古、感今，本自一體。時光的聲帶吟唱著相似的歌謠，那麼熟悉，卻那麼值得警醒和回味。

易　蘭

錢鍾書曰：「唐詩多以風神情韻擅長，宋詩多以筋骨思理見勝」，太白、東坡「廬山」之別，此之謂也。昇之師《蘇東坡的廬山》以現代手法參入古典議題，融匯古今，具見熔裁。

守拙齋主

是詠史詩，也是詠詩之詩，更是詠人之詩，也許還是詠理之詩呢。古人、古詩已經成了詩人觸發想像和感悟的酵母，詩人的想像總是那樣的與眾不同，這是我永遠無法企及的。只是，嵇康臨刑噴湧而出的血，有點血腥和刺激啊。

用戶 6628825326

浩然的壯而不悲；東坡的傷而不哀；武帝的憐而不怒。統統淹沒在，雲山霧罩裡。即使只能藏身霧氣，也要做有思想的觀望者！

書法基礎 -- 精品開放課程

浪漫的情懷，古典文學的修養，融匯在詩人筆下，流淌出跳蕩的、古典而又清新的、與世俗不一樣的一串串音符。讀罷頗能激發我的懷古之思，啟發我的寫作靈感。

藠線子

以史為題材寫現代詩，本就是一件頗有創意之事。令我想起了左太沖，借歷史抒自己之懷。蘇東坡的「廬山」，又何嘗不是人生中的一座山，這座山不同的人看不同的角度，每個人看到的廬山都是不同。「瀑布的聲響」如同現實中眾人的聲音，有時候你會不自覺的加入這場「喧囂」中，在萬千水流組成的大合唱中聽不到自己微弱的聲音。

西窗

——代王氏贈李商隱之一

求你
靠近一點
再靠近一點
我要高舉流淚的蠟燭
不信任地照亮
夢幻一般的你
我要真實地觸摸
你的詩如同
觸摸你的臉
我想知道

我們現在是重逢
還是帶著面具相見

我想問一句
假如不是巴山夜雨漲滿秋池
你還要在異鄉逗留幾年

我需要你的安慰
哪怕是你
編織的謊言

我想成為一隻蛾子
用相思的繭
今生與你纏綿

二〇一四年四月作
原載新浪《曹旭博客》

【博客留言】

半輪滄海 916

月落烏啼，是夜重更深的冷境。西窗剪影，是相思纏綿的暖亭。是光影交織的世界，都在剪影裡，只有我和你。

你是夢幻泡影，如露如電，唯有盈盈燭光，可以照亮你的臉龐，那張日思夜想，最終落到心懷裡的，永不能忘卻的，無論黃泉亦或碧落，都想見到的，面龐。

你的臉頰，此刻就在這薄薄的紙張，如畫亦如生，我用溫暖的指尖，觸摸微涼的紙面，就像撫摸在你。

用戶 7548296901

一滴晶瑩的淚落入泛黃的故事裡，引出沉睡的岩漿熾熱奔湧。

歸安有司齋

從月落、烏啼、更深到西窗剪影，既是由大及小，也是由暗及明，畫面逐漸細緻明朗，最終定格在窗前。繼而轉入房內，希求靠近、再靠近，但事實上依然有距離的存在而不「真切」，故而舉燭，「不信任」地照亮

「夢幻」的你。重逢是近，面具是遠。從「我要」「我想知道」到「我想問」「我需要你的安慰」「我想成為一隻蛾子」，情感逐漸加重，飛蛾撲火般的愛戀與思念，讓人不由得開始羨慕起李商隱。

紅泥 000

就這樣傻傻等著，默默怨著，癡癡愛著……有時，愛，真的就是一個人的事吧。

用戶 7548567652

體驗出別人體驗不到的意境，描繪出戀人吐露不出的情景，詩人的愛情品質優於尋常人！應當談一場戀愛，物件是這樣的一位元詩人，愛情會昇華……

梦寐

——代王氏贈李商隱之二

夢寐中
　我們是兩只深情的鳥
互相用的喙
　整理夜的羽毛

你不回家
也得回家呀
　回家洗你酒漬的客袍

我不想做你詩裡
　潛伏的典故和
　沉默的見證人

我想和你夢中

十指交叉
目光擁抱

夢中不認識道路
我便騎一匹瘦馬
面對高山大河

想著想著
情不自禁
便穿山而過

穿山而過的我
淚裡開滿
歡樂的花朵

二〇一四年五月作
原載新浪《曹旭博客》

【博客留言】

蕭華榮

古朦朧遇今朦朧，妾深沉勝君深沉。

拂曉

想你的時候／我騎一匹　馬／夢中不識道路／面對高山大河／想著想著／忍不住／便穿山而過。喜歡這一段，有種幻夢縹緲的感覺，詩意很跳躍，但韻味蕭散悠長；「開滿淚水的花朵」，「花朵」或許可以換成更新奇的意象，在結尾讓人有戛然而止的驚奇。

無憂亦無懼W

你不回家／也得回家呀／回家洗你酒漬的客袍／寫盡王氏的寬容，王氏的無奈……

寒流自清泚

夢寐裡開滿的是淚水的花朵。師代王氏言，細膩飽滿，讓我透過文字，仿佛已經見到了那位深情而絕望的女子。

喜歡千千的紅豆派 vv

從前，車馬很慢，一生只夠愛一個人。曹老師為我們提供了另一種解讀李商隱詩歌的方式。透過文字，我仿佛看到了那位憔悴，失意的女子，正焦急等待著丈夫的歸期，她對丈夫沒有怨恨，只有無盡的相思和愛，所謂滴不盡相思血淚拋紅豆，大抵是不錯的。

歸青

難以想像，怎麼能把一個女性的心理體會得這樣真切呢？曹老師在寫詩時應該流淚了吧。

我的名字到哪裡去了

——代王氏贈李商隱之三

自從嫁給你
　我的名字
　就消失在你的名字裡

同時消失的
　還有我少女
　清晨般的美麗

你經常說
　今天隔座送酒的
　那位宮女和你纏綿

讀你的詩箋
　偶爾瞥一眼

她們發給你的留言

我不悲傷也不絕望
因為我已經學會了
在恨中愛你

請把我的名字還給我
你留下絲盡的春蠶
我留下紅燭的死灰

二〇一四年六月作
原載新浪《曹旭博客》

【博客留言】

柯昌禮

也只有讀懂李商隱的詩，才會有這般深切的情感代入吧。

自在張生

以詩心來理解詩心，以代言來理解代言。很喜歡，同樣警句連連。

綠繡 Ix-

從「君問歸期未有期」到「今宵剩把銀釭照」；從「更隔蓬山一萬重」到「相對如夢寐」；從「隔座送鉤春酒暖」到「春蠶到死絲方盡」；從「夜吟應覺月光寒」到「一寸相思一寸灰」。「春心莫共花爭發」，因為「秋日淒淒，百卉具腓」，是我所有的希冀慢慢枯萎的過程。所以，不如「摧燒之，當風揚其灰」。

五裡桃花雲

詩人總會經歷一段由天真、浪漫、熾熱到睿智、成熟、冷靜的轉變。纏綿在浪漫、悲傷、怨恨裡，是赤子情深；痛定思痛，靜觀徹悟，是智者用心。

咩咩與哞哞

這詩讀來讓我心驚，既讚賞其深情，又悲憐其無我。現實生活中真的有很多這樣的「王氏」，因為愛情失去了自我，卻還無怨無悔。

坐在黑裡

——代王氏贈李商隱之四

我希望
　白是我生命的一部分
　黑是我生命的另一部分
我祈求
　我們的夜像殘燭
　紅透以後又黑透
我相信
　沒有人走得出黑
　包括你和你的詩
我喜歡
　黑沒有是非

沒有地平線
只有觸摸和
　呢喃的氣息

我知道
　最近愛讀你的詩
　因為我愛上了黑

我死了以後
　你就娶一個無題詩裡
　住在畫樓西畔的女人吧

我會變成青鳥
　穿過茫茫的夜
　飛到你的身邊

明月不要照了
把燭光也吹滅
今生今世
我要拉住你的手
坐在黑裡

二〇一四年七月作
原載新浪《曹旭博客》

【博客留言】

含章

「我們的夜 像殘燭 紅透以後又黑透」，怎麼將用熟的意象詮釋得鮮明警醒，老師的詩歌總能給人啟示。

雁行

這一組詩就是已婚女人的一生，從幾乎一廂情願的愛（我需要你的安慰，哪怕是你編織的謊言），到無可奈何的包容（你不回家也得回家呀，回家洗你酒漬的客袍）；再到融合愛恨回歸自我（請把名字還給我，你留下絲盡的春蠶，我留下紅燭的死灰），最後以黑色的死亡終結（死亡是永恆的黑，沒有人走得出黑，包括你的詩）。

用新詩寫舊時代，沒有故意的救贖和超脫，最後仍舊只能在深深的黑中對坐而已，這可能就是王氏最深沉的悲哀。

燕泠123

世人皆稱李商隱，卻無人關注他背後的那位女子，那位出身名門、溫柔賢慧卻早早地香消玉殞的閨秀，那位相傳叫做王晏媄的女子。曹師代王氏述懷，字字含情，將王氏對愛情的期望、失望、絕望描繪得淋漓盡致。那句「我要和你，今生今世，坐在深深的黑裡」，是無聲的　喊，深閨女子的期待、壓抑、矛盾，躍然紙上，動人心弦。

Devils-

普希金《我曾經愛過你》：「愛情，也許在我的心靈裡還沒有完全消亡，但願它不會再打擾你，我也不會再使你難過悲傷。我曾經默默無語、毫無指望地愛過你，我既忍受著羞怯，又忍受著嫉妒的折磨，我曾經那樣真誠、那樣溫柔地愛過你，但願上帝保佑你，另一個人也會像我愛你一樣。」這首詩：「我死了以後，你就娶一個，住在無題詩畫樓西畔的女人」。

當前 018

譜成中國風的歌曲，可以唱徹華語圈。

第七輯

擬《古詩十九首》

眺望 是一種語言

——擬《迢迢牽牛星》

我終日駕著牛
在天邊默默地耕耘
等發現美麗的你
已錯過七夕的良辰
大河橫隔星雲
雖有烏鵲熱心相助
終無法挽回我
失落的戀情
千年前的緣因

一旦用淚沖洗出來
底片仍像昨夜
　一樣清新
惆悵
　才讀你寄來的素絹
重攜你
　弄機杼的纖手
據說要等一萬年
佳期　杳無音訊
眺望　是一種語言

遠去的星星雨

正濡濕我

迷茫的視線

【附原詩】迢迢牽牛星，皎皎河漢女。纖纖擢素手，劄劄弄機杼。終日不成章，泣涕零如雨。河漢清且淺，相去複幾許。盈盈一水間，脈脈不得語。（《古詩十九首》之十）

一九九八年一月十一日為潘生作

原載新浪《曹旭博客》

【博客留言】

無憂亦無懼 w

「惆悵／才讀你寄來的素絹」。只有體驗了，才感受更深刻！源自心靈深處的好詩！

樂莫樂兮新相知 97

詩人筆下，道出了纏綿悱惻幽怨！「千年前的緣／一旦用淚／沖洗出來／底片仍像昨夜／一樣清新」太震撼了！

用戶0

半個月博客詩的等待，竟像星漢那迢迢的路那麼漫長。一點滑鼠，空間更新帶來陣陣欣喜。

荒唐

無雕蟲之巧，有直尋之妙。不過貌似不能讓師母看到。

旁聽

聽老師講過其中的故事，那麼，她知道嗎？曹旭：我對他講過，他知道。

江南有一座小樓

——擬《青青河畔草》

江南有一座小樓
　你坐在窗前
　露出纖纖的素手

你每天都在用等待
　包紮你
　寂寞的傷口

但我擔心的
　不是你難以癒合的傷口
　而是你整夜

一大片　一大片

　沙漠般的失眠
　和光禿禿的憂愁

這扇窗
　本來可以
　治療你的失眠

但你的無眠
　正來自窗口那縷縷
　牽動你靈魂的光線

窗戶可以爬上去
　如果夜再黑一點
星星也不遠
　只要懂得眺望

歌可以輕輕地唱
　假如我從你的樓下走過

但小樓的梯子
　已被你
　多餘的擔心撤去
我無法像薔薇花那樣
　攀援到你的窗前
　和你見上一面
我只能艱難地
　站在針尖
昂起頭
　舞蹈著愛你

【附原詩】《青青河畔草》：青青河畔草，鬱鬱園中柳。盈盈樓上女，皎皎當窗牖。娥娥紅粉妝，纖纖出素手。昔為倡家女，今為蕩子婦。蕩子行不歸，空床難獨守。（《古詩十九首》之二）

二〇一四年四月九日作

原載新浪《曹旭博客》

【博客留言】

趙紅菊

總是會有一些字眼，牽動著你的目光，震撼著你的心靈。詩的魅力，即在於此吧！與懂與不懂無關，只要心動就好。「你坐在窗前／每天都在等待／用憂傷包紮你／寂寞的傷口」，這一句，道出了主人公的痛楚，以及「我」的心痛，而那一扇開著的窗，正是心中的希望和期盼所在，「星星也不遠，只要我們懂得眺望。」梯子撤去了，那份狂熱而不顧一切的愛，仍在繼續。

文志華

《江南有一座小樓》，讀了這首詩最先想起的居然是《青青河畔草》「盈盈樓上女，皎皎當窗牖。娥娥紅粉妝，纖纖出素手」。

《江南有一座小樓》我覺得這不僅是一首愛情詩，也是首哲理的詩，賦予了很多現代社會的象徵意義。窗裡一個世界，窗外一個世界。窗裡的世界是一個自我的，局促的、有限的自然生命，她充滿傷口和死亡；窗外的世界則是荒蕪的文化沙漠，是無關緊要的、毫無意義的現實社會。而文字則是療救的，它是屬於第三個世界——無限的星空和黑夜的愛情所構建而成的精神世界，文字、梯子和紫藤花則成為溝通現實世界和夢想世界的橋樑。我對生命如此熱愛著，故執著和追求的，不惜在針尖上舞蹈著，正是要從無意義和死亡中去拯救生命。

黃冬麗

《有一座小樓》，你就是作者筆下的那一抹風景，這視窗的風景讓作者一直揪心，一生都放不下，能清晰感受到你的喜怒哀樂和悲秋傷春的情懷。

華師大彭國忠博士朱銀甯

「視窗可以爬上去」，然而窗前的梯子被「你的擔心撤去」，這是反用了羅密歐與茱麗葉的典故。這樣滿心希望而變成失望後，仍然要「站在針尖上，舞蹈著愛你」，讓我想起了張愛玲所說的「在塵埃裡開出花來」。愛是多麼卑微，又多麼高尚啊。

任倩倩

「我無法像紫藤花那樣　攀援到你窗前　因此只能站在針尖上　舞蹈著愛你」立於針尖，是愛這難捱的錐心之苦？抑或是甘願在腳心刺下丹書？應當是笑著，笑聲來自蒙太古家的兒子。舞蹈，被紫藤花的宴會纏住了雙腳。

石會鵬

《有一座小樓》既又卞之琳《斷章》的情愫，又有歌曲《窗外》的傷感，但更多的是一個「用等待包紮傷口」的文人苦樂情感的展示。「沙漠般光禿禿的失眠」包含了創作的艱辛、思維的耗散和頭頂日漸稀疏的白髮，暗夜無眠，臨窗遠眺，或許一縷光線、星光閃閃、歌聲嫋嫋能再次點燃創作的火焰？詩中的「我」，是一個關心作者的「伊人」，有著小鳥依人的溫柔，但卻愛而不得，只能站在針尖通過舞蹈愛你，著實讓人心疼。

稚始稚終 Dt

悲傷無限，愛也無限。意象不僅美且貼切，再加上奇妙的構思，還有無盡的深情，讓詩歌本就無窮的韻味更耐人琢磨。詩人的筆下，失眠是光禿禿的、是大片的沙漠；在針尖上舞蹈的愛，多麼疼多麼險多麼美多麼癡！叫人不由驚歎叫絕，天！怎麼想得出來！由衷贊一句：寫得真好。

留日學生之歌

——擬《涉江采芙蓉》

高祖時代的偉大
　已經折戟沉沙
　盡散風流
在偉大的時代
　我連做一個
　失敗者的資格都沒有
但偉大的人
　不可能偉大到底
偉大的晚年
　經常痛哭流涕

再多的榮光
也不可能把飛將軍李廣
拉出永恆的死亡
無情的鐵騎勳章
只能和冰冷的骨灰盒
從前線運回家鄉
我們已經厭倦了
紅彤彤的口號
寧可做一隻灰色的飛虻
孤獨無依的靈魂
比風中的紙屑
更懂得飄蕩

盛世帝國的頌歌
　如恐龍般的大賦
　已病入膏肓

抒情小賦也黯然失色
　跟著大賦
　從生活的暗盒裡逃亡

我要採擷我
　夢中的芙蓉花
　並用詩歌涉江

我對你的思念
　湧出的悲傷
　比高貴的五言詩更長

寒氣已深入到
　全身的
每一個毛孔

棉衣還在
　夢一般遙遠的
妻子手裡夜縫

我不可能
　和白楊排在一起
在秋風裡急行軍

酒宴喧嘩
　很多人都哭了
他們在後悔裡想家

所有人的髮
　都如草一般瘋長
　並有劍桀驁不馴的光芒

明月在簾櫳上方
　舉杯的人都抬起頭
　借月光的船向故鄉遠航

聽異國城市的喧囂
　我們是寄生在
　他們屋簷下的候鳥

書記員　小吏　雜務工
　每個人都非法地謀生
　在這美麗的荒島

我無法想通
在偉大名義的背後
儲藏那麼多的苦痛

我只能任憑
自己暴露出來的臉
被迎面來的北風擊中

讓奪眶而出的淚
在自己心中
江河一般奔湧

假如不小心
淚沾濕了
您的眼睛

我會為您
合上詩卷
重掩羅巾

二〇一七年九月作於台灣中大新村一〇五號
原載新浪《曹旭博客》

【博客留言】

高智先生

詩人這首詩，是詩性光輝沒有黯淡的標誌和奇跡，他對微觀歷史透徹挖掘，見微知著，找到了歷史和現實的連接點。我們傾聽到他的呼喚，聽到他心靈流淌的聲音，那是悲天憫人的同情心在跳躍，想起這種深沉的關愛，忍不住眼睛也濕了。

用戶6852957408

「卑微的雜草／頑強地長滿／所有的道路／在這座異國的城市／我們是寄生在／屋簷下的候鳥。」我雖未去過異國，但上海對我來說卻是一個類似於異國的存在。老師的文字真切，令我想起曾經感覺寄身屋簷、卑微如雜草卻想要頑強地向上的日子。

軒窗臨水開

謝謝，過去的時代過去了，從此，天南地北的漂泊裡不再有沉重的悲哀。

劉永國學

詩人更關心宏大敘事下的個人的幸福。這首詩寫出了詩的良心！

Ibrave8540

此詩的藝術張力在於：似有鄉愁，還藏離怨。時常誇張，卻比小草。

樂莫樂兮新相知 97

這首詩中寫出了偉大時代下小人物的卑微與弱小無助。盛世帝國下，小人物只不過是一枚棋子，任由他人擺佈：帝王能夠有更大版圖、更多賦稅；將軍能夠建功立業、名垂青史；而小人物任人宰割，家鄉、父母、妻子只能存在腦海裡、存在夢中。

用戶 5463353142

故園東望路漫漫，雙袖龍鍾淚不幹。錚錚鐵骨也有柔情，思鄉思親人。遙望故鄉，故鄉總是婷婷玉立在內心最柔軟的地方，戳中最痛的那塊兒痛。

用戶 6899993723

通讀幾遍，心情莫名壓抑，卻不舍合卷。詩人寫得真好！每一小節的構思與承接，每一小節內容的延展，都令我思緒無限。「五千個／點燃朝霞的馬糞堆」「恐龍般的大賦」「急行軍的白楊」，竟然可以這樣形容！多巧妙，多磅礴！（小本子偷偷學起來　）閱歷淺薄的我無法複刻詩歌的情境，但願每位孤獨者都能讀到詩人的詩，然後不再孤獨。

靜悠悠

正如詩人所秉持的「相信文字的魔力，相信文字能夠釋放痛苦，安頓生命，創造獨立自由的精神」，讀其作品深感其文字背後人文情懷之厚度與自由思想之精神。

藟線子

詩人的這首詩歌在《古詩十九首》中古代失落的文人、思鄉的遊子身上找到了貫通古今的情感共鳴，夢中的那朵芙蓉花，何嘗不是詩人在日本時候的那朵思念之花。乘著月光為船回家的，不僅僅是邊塞的兵將，還有每個不在家人身邊，生活不盡如意的漂泊的靈魂。

國家圖書館出版品預行編目資料

長亭．短亭——曹旭博客詩選／曹旭著
--初版-- 臺北市：博客思出版事業網：2024.10
面；　公分. --(當代詩大系；27)
ISBN 978-986-0762-85-3(精裝)

851.487　　113004983

當代詩大系 27

長亭．短亭——曹旭博客詩選

作　　者：曹旭
編　　輯：塗宇樵
美　　編：塗宇樵
封面設計：塗宇樵
出　　版：博客思出版事業網
地　　址：臺北市中正區重慶南路1段121號8樓之14
電　　話：(02) 2331-1675 或 (02) 2331-1691
傳　　真：(02) 2382-6225
E-MAIL：books5w@gmail.com或books5w@yahoo.com.tw
網路書店：http://5w.com.tw/
https://www.pcstore.com.tw/yesbooks/
https://shopee.tw/books5w
博客來網路書店、博客思網路書店
三民書局、金石堂書店
經　　銷：聯合發行股份有限公司
電　　話：(02) 2917-8022　　傳真：(02) 2915-7212
劃撥戶名：蘭臺出版社　　帳號：18995335
香港代理：香港聯合零售有限公司
電　　話：(852) 2150-2100　　傳真：(852) 2356-0735
出版日期：2024年10月 初版
定　　價：新臺幣360元整（精裝）
ISBN：978-986-0762-85-3